블라인드 라이터

블라인드 라이터

The

Blind

Writer

Sameer
Pandya

사미르 판디야 장편소설 ● 임재희 옮김

나무옆의자

아버지를 추모하며

당신은 그런 남자와 함께 무엇을 할 수 있겠어요?
뭘 할 수 있겠냐고요?

―존 치버, 「잘 가요, 나의 형제여」 중에서

요즘, 우리의 관심을 끌기 위해 경쟁하는 것들이 주변에 널려 있습니다. 그래서 지금 당신이 이 책을 손에 펼쳐들고 있다는 사실만으로도 저는 매우 기쁩니다.

제 책이 한국에서 출간된다는 소식에 흥분되었습니다. 제게는 새로운 독자를 갖게 되는 일이니까요. 이 책에 쓴 이야기—인도 출신의 젊은 미국 청년이 경험하는 인생의 쓴 교훈—가 다른 언어로 번역되어 완전히 다른 독자들을 만난다는 의미가 되기도 합니다. 구체적인 이야기를 고유한 어법으로 들려주며 더 넓은 진실을 향해 가 닿는 것. 이것이 작가가 글을 쓰는 행위를 통해 특별히 추구하는 것 가운데 하나라고 말해도 되겠지요?

여러 면에서, 『블라인드 라이터』는 사실 간단한 이야기입니다. 세 사람이 서로 다른 방법으로 서로를 좋아하고 필요로 하는 소설입니다.

라케시는 간절하게 작가의 삶을 꿈꾸는 청년이고, 아닐은 시각장애를 갖고 있는데도 온전하게 한 생을 살아온 노년의 작가이며, 그의 아내 미라는 이 둘의 애정의 대상으로 존재합니다. 그들이 함께 시간을 보내며 지내는 동안 삼각관계가 싹틉니다. 수개월 동안 그들은 서로를 알아가게 되며 그들의 삶을 영원히 변화시킬 한순간으로 점점 다가갑니다. 나는 이 이야기 속에 몇 개의 커다란 주제—이민 경험, 사랑의 본질, 그리고 아버지와 아들의 관계—를 담아봤습니다. 그러나 내가 가장 천착한 것은 시각장애라는 육체의 불구와 우리가 볼 수 있는 것들과 볼 수 없는 것들이라고 할 수 있습니다.

당신이 이 책을 읽는 긴 여정을 즐기길 바랍니다.

2018년 4월
사미르 판디야

차례

그해 가을

취업을 준비하려다 관두고, 어쩌다 그런 결정을 내렸는지, 대학원에 다닐 때 겪은 일이다. 이제 나이 들어 고통스러운 결과로 끝난 그 일을 담담하게 받아들이고 있다는 사실이 나는 그저 놀라울 따름이다.

어느 날 센터—내가 다니던 대학원에 설치된 연구소로 꽤 알려진 작가나 학자들이 머물며 연구하는 곳이다—에서 이메일이 날아들었다. 1년간 머무를 어느 저명한 작가가 조수를 구한다고 적혀 있었다. 한때는 나도 센터에 머무르는 학자나 작가들이 발표한 연구 성과물이 실린 학술지들을 세밀화가처럼 세심한 주의를 기울여 읽었다. 지금은 그런 학술지들이 너덜너덜한 박스에 담긴 채 아무 쓸모없는 폐지가 되었고, 한때는 넓다고 생각했던 차고 한쪽에 괜히 자리만 차지하고 쌓여 있을 뿐이다. 이메일에 작가 이름은 밝히지 않았지만 조수가 해야 할 일들은 분명히 적혀 있었다. 신문을 읽어주거나 테이프에 녹음된 내용을 기록하는 것이었다.

나는 그제야 위대한 인도 맹인 작가 아닐 트리베디가 1년간 해당 센터에 머무른다는 소문이 사실임을 알게 되었다. 혹시라도 작가를 흠모하는 열성 독자들이 찾아와 귀찮게 할까 봐 센터 측은 머물고 있는 작가들의 이름은 공개하지 않았다.

처음에는 이메일을 읽고 별로 구미가 당기지 않았다. 나보다 더 적합한 (눈먼 작가에게 신문을 읽어줄!) 누군가 연락을 하겠거니, 했다. 만약에 내가 흠모해 마지않던 책들을 쓴 작가들이 조수를 찾는 이메일이었다면 나는 이 기회를 놓칠쏘냐, 하고 한달음에 뛰어갔을 것이다. 가령, 필립 로스가 벙어리였다거나, 가르시아 마르케스가 하반신 마비 환자였다거나, 심지어 레이먼드 카버가 말기 암 환자였더라도 상관없이 말이다. 그럼에도 불구하고 트리베디의 책들은 내게 커다란 영향을 미쳤다. 솔직히 비주류 작가들에게 병적으로 집착하는 대학 동기들 앞에서조차 이 사실을 선뜻 밝히지는 않았지만, 그의 진솔한 글 덕분에 내 대가족의 이야기가 문학적으로 다가왔다.

시간당 15달러를 지불한다는 내용이 포함된 이메일이 한 통 더 날아들었을 때 나는 망설이지 않고 수화기를 집어 들었다. 작가와 아주 가까운 데서 함께 지내다 보면, 작가로 성공하고 싶다는 소망이 이루어질 것 같았다. 이틀에 한 번씩 슈윈 자전거를 타고 캠퍼스 위쪽 언덕들을 지나 맹인 작가에게 신문을 읽어주러 간다는 생각만 해도 내가 대학원을 다니며 고대했던 낭만적인 느낌이 물씬 났다. 대학원에 다니던 그해에는, 언뜻 제목만 봐서는 흥미로우나('계몽주의 시대의 짧고 행복한 삶', '미국 재건의 성정치학') 실제로는 지루하기 짝이 없던 세미나에 열심히 쫓아 다녔지만 결국 제대로 된 논문 하나 건지지 못했다. 나는 영문학을 전공하는 대학원생, 다시 말해 가슴이 풍만하고 학구파인 데다 모더니스트인 여자와 사랑에 빠지고 싶었는데 현실은 시궁창이랄까. 경제학 박사과정을 마치고 소액 대출에 관한 논문을 준비하는 연구원 여자와 그렇고 그런 데이트를 몇 번 했을 따름이었다.

전화를 했더니 여자가 받았다.

"작가를 도와줄 학생을 찾는다는 이메일을 받고 전화했어요."

"그것 말고 전화할 이유가 있나요?"

상대는 내가 뭐라 대답할 틈을 주지 않았다.

"학생인가요?"

"대학원생이요."

"영문학 전공 대학원생은 원치 않아요."

"역사예요."

"물론, 역사 안에 있는 존재겠죠?"

이 여자, 농담이라도 하겠다는 건가?

그녀는 자신들이 머물고 있는 장소로 오후 4시까지 오라며 찾아오는 길을 알려주었다. 아버지가 뉴욕으로 이사 갈 때 남기고 간 오래된 베이지색 토러스 차가 있었지만 자전거를 타고 가기로 했다.

늦은 오후, 따뜻한 캘리포니아의 가을이 한창일 때 나는 가로수들이 늘어선 도로를 달리고 있었다. 시원한 바람은 등을 가볍게 밀어주었다. 온화한 기후에 살면서 키스톤 캔맥주 대신 앵커스팀 병맥주를 살 만큼 넉넉한 장학금을 받고 있는, 조금은 호사롭다고 할 수 있는 스물네 살 시절이었다.

나는 캠퍼스를 가로질러 공예가의 작은 방갈로들이 계속 이어지는 길에 들어서 여기저기 늘어선 빅토리아 양식의 집들과, 교직원들이 사는 오래된 스페인풍의 어도비 벽돌집들을 천천히 지났다. 교직원들의 집은 소속 학과의 크기와 정비

례하는 듯했다. 의대나 법대 교수들과 캠퍼스 근처에 살고 싶어 하는 지역 유지들의 집은 이삼층의 대저택인 반면, 사회과학자나 인문학자들은 꽤 유명한 교재나 소설을 출간했거나 운 좋게 유산을 물려받은 축을 제외하고는 대부분 형편에 맞는 아담한 주택에 살았다.

여자가 말한 집은 커다란 본채 건물의 그림자가 길게 드리워진 작은 단층 방갈로였다. 나는 노크를 하고 두 발짝 뒤로 물러섰다. 전화를 받은 여자가 직접 말하지는 않았지만 나는 여자가 작가의 아내라고 짐작했다.

문이 열렸고, 내 앞에 여자가 서 있었는데―어처구니없는 진부한 표현이지만―누군가 내 심장을 확 떼어낸 것처럼 한순간 숨이 멎었다. 여자는 30대 중반쯤 되어 보였다. 깔끔하게 다린 보라색 카미즈와 함께 살와르(남아시아 지역의 전통 복장―옮긴이)를 입고 있었다. 내가 늘 동경해 마지않던 이상적인 힌두 여인상으로, 헌신적이고 애정이 넘치며 청초하고 아름다운 외모를 자랑하고 있었다. 긴 셔츠 아래로 숨겨진 몸매는 사춘기 시절 내내 바드득 이를 갈며 보았던 《플레이보이》에 등장하는 여자의 전신을 떠올리게 할 만큼 육감적이었다. 나는 우아하게 상반신을 드러낸 채 부드러운 스카프로 봉긋한 가슴 아래를 가린 신화 속의 여인 시타(힌두교의 여신으로

서사시 〈라마나야〉의 주요 등장인물―옮긴이)를 연상하며 내 앞의
여자를 바라보았다.

물론 이 여자는 맹인 남자와 결혼했다. 여자의 아름다움에
남자의 눈이 멀어버린 듯했다. 성공한 맹인 남자 곁에는 항상
남편이 자신의 내면의 아름다움만 보고 있다고 믿는 젊고 매
력적인 아내가 있는 것만 같았다.

"뚫어지게 쳐다보는 것은 예의가 아니네." 여자의 등 뒤에
서 흘러나온 목소리였다.

"아닐, 집 안으로 들어서지도 않은 손님인데 쫓아내지는 말
자고요." 미라가 책망하듯 말했다.

남자의 말이 옳았다. 나는 여자를 뚫어지게 쳐다보고 있었
다. 아름다운 여자를 똑바로 보기 두려운 남자만 쳐다보지 않
을 터였다.

"들어오세요." 미라가 말했다.

아닐은 여학생을 원했지만, 미라는 둘만 두고 나가도 걱정
이 없을 남학생을 고집했음을 나중에 알게 되었다.

"농담이라는 걸 아는 친구로군. 우린 아름다운 여자를 알아
보는 눈이 제법 비슷한걸." 아닐이 말했다.

나는 미라를 따라 응접실로 들어가 내 소개를 했다.

아닐과 미라는 인도와 예술에 심취한 부유한 백인 부부가

사는 넓은 본채 뒤편에 자리한 별채에 머물고 있었다. 이 백인 부부는 별채를 무료로 센터에 제공하는 대신 가능한 한 인도 작가들을 머물게 했다.

별채는 인도풍으로 장식되어 있었다. 벽은 구자라트 사람들의 태피스트리(여러 가지 색실로 그림을 짜 넣은 직물―옮긴이)와 무굴제국 시대의 소형 조각품들로 장식되어 있었고, 동으로 만든 가네쉬(코끼리 얼굴에 사람의 몸을 가진 힌두교의 신―옮긴이)와 부처의 상이 작은 대(臺)에 놓여 있었다. 유명 디자이너들이 제작한 현대적인 가구들이 카슈미르 양탄자 위에 드문드문 자리 잡고 있었는데, 디자이너들도 인도와 연이 닿아 있는 사람들이었다.

아닐은 검정 임스 의자에 편안히 앉아 나를 맞이했다. 내가 상상했던 것보다 훨씬 왜소해 보였다. 가늘고 긴 목과 둥근 두상은 거북이를 떠올리게 했다. 옷차림은 성격이 꼼꼼한 사람임을 드러냈다. 주름 없는 연회색 개버딘 슬랙스, 바삭거릴 정도로 잘 다려진 하얀색 셔츠, 단추가 달린 짙은 녹색의 캐시미어 스웨터 그리고 재질이 부드러운 콜한 로퍼. 포근한 캘리포니아 가을 날씨에 걸맞은 옷차림은 아니었다. 나는 아닐이 선글라스를 끼고 있으리라 생각했는데 그렇지 않았다. 반쯤 감겨 있는 눈꺼풀 아래 눈동자가 움직이는 게 보였다. 완전히 시력을 상실한 사람이라고 여겼는데, 그 순간에는 확신할 수가 없었다. 그의 아내를 쳐다보기가 왠지 편치 않았다.

"앉게나. 뭘 마시고 싶나, 미라에게 뭘 가져오라고 할까?" 그는 두 손가락을 까닥거리며 말했다.

"괜찮습니다. 고맙습니다." 호의를 거절하고 싶지 않았지만 나는 이렇게 말했다.

"뭐라도 마셔야지." 아닐은 고집을 부렸고, 나는 손님이 오면 여자들이 시중들던 낡은 관습이 자연스레 연상되었다.

"차로 할까요?" 나는 조심스럽게 물었다.

"차, 좋지." 아닐이 말했다.

미라가 응접실을 벗어났다. 그녀에게 곤두섰던 신경이 조금 누그러지자 비로소 아닐을 바로 의식하게 되었다. 특정 독자들의 많은 사랑을 받았던 작가가 눈앞에 있는 것이다. 내가 책에서 접한 단어와 문장에서 느꼈던 인물과는 동떨어진 남자였다. 마치 노인처럼 몸이 쪼그라들었고 뼈대는 가늘어 보였다. 하긴 늘 실물은 실망스럽게 마련이었다.

"라케시, 왜 이 일을 하려고 하나?" 아닐이 물었다.

복잡한 질문은 아니었다.

나는 인도에서 태어났고, 런던과 토론토에도 잠시 머물렀지만 샌프란시스코에서 성장했다. 외아들이었고, 어머니와 아버지는 내가 태어나기도 전에 이미 애정이 사라진 부부였다. 어머니는 아버지에게 전혀 애정을 느끼지 않았고, 결국 애정 없는 결혼생활을 포기하기에 이르렀다. 부모님은 시간이 지나면 서로의 감정이 풀리리라 기대했다. 하지만 내가 태어나고 몇 년이 지나서 대륙을 횡단해 이주하고도 수년이 흘렀지만 기대와 달리 어머니의 감정은 변하지 않았다. 나는 우리가 살았던 샌프란시스코에 있는 아파트 앞 좁은 인도에서 자전거 타기를 배웠고 동네에 있는 초등학교까지 혼자 걸어서 통학했다.

나는 고등학교를 전교생 500명 가운데 3등으로 졸업했다. 고3 중반까지는 줄곧 반에서 1등을 놓치지 않았는데, 앞으로도 계속 1등일 거라는 생각이 들면서 조금 태만해졌다. 나중에 안 사실이지만, 나는 성적 경쟁뿐만 아니라 여타의 경쟁에서도 이기는 것을 두려워하고 있었다. 고등학교 테니스팀 선수였을 때 나는 수년 동안 대부분의 경기에서 이겼다. 그런데 결정적으로 중요한 게임에서 밀어붙이려는 순간 또 이길 거라는 생각이 들자 바로 집중력이 떨어졌고 결국 3세트를 내리 졌다. 상대 선수가 게임에서 지면 어떤 감정을 느낄까, 쓸데없는 상상에 몰두하느라 흐트러진 거였다.

나는 샌프란시스코 만 너머 버클리에 있는 대학에 다니면서 경제학 필수 과목들을 수강했다. 여름방학이면 금융가가 몰려 있는 샌프란시스코의 금융 서비스 중개소에서 인턴으로 일했다. 또 한편 나는 작가가 되려는 열망에 불타고 있었다. 소설 창작 강의를 수강했고 종종 칭찬을 들었다. 특히 어느 대학생이 부모님 집 뜰에 있는 목련나무에 목을 매달아 자살하려다 가지가 꺾이는 바람에 다리만 부러지고 결국 살아난 소설에 대해서는 평이 과분할 정도였다. 대학 신문에 여자축구나 육상 경기를 다룬 글을 발표하기 시작했고 스포츠면 편집자가 되기 위해 노력했다. 그러다 결국 경제학과 역사학 복수 전공을 택했다. 원래 저널리스트가 꿈이었는데, 나중에 마음을 바꾸어 역사학자가 되기로 작정했다. 이 두 전문직은 자료를 탐구하고 연결고리들을 이어나간다는 공통점이 있는 것 같았다. 시간이 흐를수록 나는 점점 역사학에 더 마음이 끌리게 되었다. 영문학에 더 가깝다는 이유로.

대학 졸업반 봄 학기 때였다. 경제학 졸업장만으로도 남들이 부러워할 만한 금융 회사에 취직할 기회를 얻었지만, 이미한 해 전 가을에 부모님께 일언반구도 없이 역사학과 대학원에 진학하기로 하고 서류를 접수해버렸다. 정작 하고 싶은 일은 글쓰기였음에도 자식 대학 등록금을 대느라 고생한 부모님을 보니 차마 입이 떨어지지 않았을 뿐이었다. 아버지는 내가 대학원에 진학하기로 했다고 말씀드리자 기뻐하지 않으셨다. 스탠퍼드 대학원에서 전 학년 장학금을 받기로 했다는 말을 듣고서야 비로소 마음을 놓는 것 같았다.

"월스트리트는 마음만 먹으면 언제든 돌아갈 수 있어요." 어리석게도 나는 그렇게 말하고 말았다. 그때 아버지가 내 뺨따귀를 때리며, "어림없는 소리, 기회란 잠깐 왔다 사라지는 거야!"라고 말해주셨으면 좋았을걸.

나는 낮에는 역사학 강의를 듣고 밤이면 소설을 썼다. 대학 시절엔 책상 앞에 앉을 때마다 문장들이 다가왔고 이야기들이 빈 공간을 채워갔다. 지금은 글은 다가오지만 자신감과 언어의 반짝임은 사라졌다. 너무 많이 써댄 것이다.

그즈음 방문 작가인 아닐을 도와줄 학생을 찾는다는 이메일을 받았다. 작가가 되고픈 강렬한 욕망이 있었음에도 정작 내 꿈을 드러내거나 인정하기가 두려웠다. 실제로 작가와 가까이 지내면 글쟁이의 삶을 구체적으로 알 것만 같아 아닐의 조수가 되기로 결심한 터였다. 아닐의 집에 도착한 지 얼마 지나지 않아 이게 바로 내가 원하는 삶이라는 생각이 들었다. 아름다운 아내, 순회 여행, 육십대에 이르면 발밑에 놓일 견고한 바위처럼 흔들림 없는 명성까지.

"돈이 필요해서요." 내가 말했다.

"라케시, 성이 뭐지?"

"메타요."

"비지니스맨. 북서부 구자라티 사람이구먼."

대답하지 않았다. 왜 돈 때문이란 소리를 했을까? 돈에 환장한 작자로 보이긴 싫었는데, 지금 생각해보니 마치 용돈이나 벌려고 왔다는 말처럼 들렸을 것 같았다. 나는 실수를 수습할 기회가 있었지만 문학적 삼투 작용보다 돈을 바랐다는 인식을 남기는 편이 낫겠다 싶어 가만히 있었다.

"농담이네. 뻔한 이야기가 서먹서먹한 분위기를 깨기에 가장 좋은 방법이지."

"괜찮습니다. 불쾌해하지 말자는 게 제 원칙이죠." 내가 말했다.

"정말인가?"

"삶은 이미 충분히 불쾌하니까요. 사소한 일에 자꾸 감정을 상하면 소진되지요."

"자네 같은 젊은이의 생각 치고는 무섭도록 어두운 말이군."

마치 다른 사람의 입에서 흘러나온 것처럼 의도하지 않은 말이 튀어나오는 바람에 나는 순간 대화의 맥락을 놓쳤다.

"실은, 그냥 돈 때문은 아니에요. 선생님하고 시간을 보내면 멋질 것 같았어요." 나는 결국 그렇게 말했다.

"기대하지 말게나. 전혀 즐겁지 않을 거야."

그가 겸손한 마음으로 한 말임을 안다는 의미로 나는 웃으며 고개를 끄덕여 보였다. 아닐이 앞을 볼 수 없다는 사실을 잠시 잊은 채 고개를 끄덕이느라 정작 대답해야 할 때엔 입을 다물고 있었다.

"미라 말로는 자네가 젊은 역사학도라더군. 무슨 연구를 하나?"

이런 질문은 딱 질색이라 순간적으로 잘 모르겠다고 답했다. 하지만 뭐라도 답을 해야겠다는 생각이 들었다. 정말 뭘 연구하는지 모른다면, 대학원을 다닐 이유가 없다는 말이나 마찬가지일 테니까.

그때, 미라가 차를 올려놓은 쟁반을 들고 거실로 들어왔다. 다음 말을 꺼낼 때까지 나는 그녀의 뒷모습을 애써 보지 않았다.

"요즘은 그냥 강의만 듣고 있어요. 실은 수라트에 설립한 영국의 초기 동인도회사 연구에 관심이 많지만, 아직은 관심에 머물러 있어요."

"때로는 자신이 어디를 향해 가고 있는지 모를 때가 좋지. 가능성이 열려 있다는 거니까."

우리는 잠시 말없이 차에 설탕을 타서 마셨다. 진하고 부드러웠다. 봄베이에 있던 가판대와 어머니가 주방에서 끓여주시던 차의 맛을 연상케 할 정도로 끝내줬다.

아닐은 일주일에 사흘, 아침 8시부터 11시까지 내가 필요하다고 말했다. "서로 일정이 맞으면 며칠 더 늘려도 좋고."

"제 이력서 조회는 안 하실 건가요?" 내가 물었다.

"거기에 자네가 얼마나 잘 읽을 줄 아는지 쓰여 있나?"

"그럼 신변 조사도 하지 않고 낯선 사람인 저를 댁으로 들이겠다고요?"

"폭력적인 기질이라도 있나?"

"아뇨, 그렇진 않습니다."

"미라, 당신은 어찌 생각해? 이렇게 젊고 잘생긴 남자를 우리 사이에 두는 걸?"

미라는 고개를 거의 움직이지 않고 나를 똑바로 쳐다보더니 천천히 훑어보기 시작했다. 등줄기를 따라 땀이 흘러내리는 듯했고 발기하듯 내 몸의 일부가 꿈틀대는 게 느껴졌다.

"안전한 사람 같아 보여요." 미라가 말했다.

아는 어른들이 나를 가지고 노는 것만 같았다.

아닐과 차를 다 마신 후 일어섰다. 내일 아침부터 일을 시작하기로 했다.

"우리랑 조식을 같이 하지. 나는 아침을 먹으며 신문 읽기를 좋아하거든." 아닐이 말했다.

"현관까지 바래다줄게요." 미라가 말했다.

"괜찮습니다. 혼자 가죠."

나는 그녀가 가까이 다가서기 전에 몸을 돌려 나왔다.

아닐과 미라를 만난 후에 나는 자전거를 타고 곧장 도서관
으로 달려갔다. 아닐의 책을 모두 열람해 연도별로 분류해서
열람실 책상에 놓았다. 최신작들은 열람한 흔적이 거의 없어
보였고, 옛날에 출간된 책들도 10년 전에 분류 작업을 해놓
은 터라 새 바코드가 필요해 보였다. 그는 소설과 회고록, 사
회와 가족사에 관한 저서를 모두 합해 열다섯 권의 책을 냈
다. 작품들은 날카로운 관찰력이 돋보였다. 가끔 희극적인 요
소와 미학적 화려함이 엿보였지만 어쨌거나 이제는 아무도
안 읽는 책들이었다. 지금은 맹인인데도 불구하고 그렇게 많
은 책들을 냈다는 사실만이 유명세를 치르는 듯했다. 비평가
들은 그의 위업에 감탄하면서도 궁극적으로 문학적 성과로
여기기보다는 정교하게 짜맞춘 숨은 재주 정도로 폄하했다.
시각장애가 없는 보통의 작가라면 열다섯이라는 저서의 개
수는 지속적인 작업의 결과물로 받아들여질 터였다. 불행히
도 트리베디가 가진 놀라운 창작의 열정은 ― 해마다, 매일 일

어나 책상 앞에 앉아 고통스러운 작업에 임하려는 의지—묻히고 언제나 맹인 작가라는 사실만이 또렷이 부각되었다.

초년의 작품들을 빠르게 훑어본 후에 머릿속에 남은 기억에 따르면, 아닐은 생후 6개월 때부터 시력을 잃었다. 태어날 때는 정상이었으나 움직임을 감지하며 앞에 있는 사물을 알아보기 시작했을 때 희귀한 퇴행성 질환으로 인해 시력을 잃었다. 살아가면서 추억할 수 있는 이미지들을 저장해놓기에는 너무도 짧은 시간이었다.

첫 책에서는 시각장애인으로 살아가며 느낀 울분 같은 것을 썼으리라 짐작했는데, 전혀 아니었다. 매우 행복했던 유년 시절에 대한 향수를 담은 작품이어서 놀라웠다. 시각장애에 대한 상세한 내용은 거의 찾아볼 수 없었다. 평범한 아이들이 하는 일들을 어떻게 아무 불편 없이 할 수 있었는지를 말하는데 절반 이상이 할애돼 있었다. 가족, 친구, 하인들로 소란스러운 전원 속에서 행복하고 편안하게 살았던 유년의 시간들을 그림처럼 그려내서 유명해진 모양이었다.

열여섯 살이 되었을 때, 아닐은 애틀랜타에 있는 꽤 알려진 맹인 학교에 입학하기 위해 조지아 주로 떠났다. 브라유 점자법과 역사와 영어 교과과정이 있는 학교였다. 교장은 프로레슬러 부커 티를 떠올리게 하는 인물이었다. 시각장애인 학생들이 무엇보다 먼저 배워야 할 것은 실생활에 적응하는 데 필요한 일들이라고 생각하는 사람이었다. 가령 시각장애가 없는 평범한 사람들처럼 걸어서 직접 약국에 가 감기약을 사고, 도움을 받아들이고, 짐크로(흑인 전용 버스—옮긴이)를 타고 다니는 일 등이었다. 아닐은 학교에서, 어린 흑인 맹인 학생들과 섞여 지내는 동안 세상이 얼마나 쓰레기 같은지를 알았고, 그런 세상에 발을 디디지 않고 사는 방법은 외모와 지성의 이상적인 조합뿐이라고 믿게 되었다. 학교에 입학했을 때만 해도 아닐은 꽤 살집이 있는 응석받이로 자란 첫째였지만, 졸업할 때는 달랐다. 여자들이 매력을 느낄 만큼 근육질 남자로 변해 있었고 보기에 위험하다 싶을 정도로 자신감이 흘렀다. 그는 시라라는 젊은 여자의 두 허벅지 사이에서 어정쩡하게 동정을 잃고 말았는데, 그녀는 아닐이 다니던 학교의 자매 학교인 여자 맹인 학교를 다니던 학생이었다. 그 일이 어설프게 끝나버린 탓에 아닐은 앞으로 맹인 여자는 절대 사귀지 않기로 결심했다.

아닐은 주로 회고록 작가로 독자들에게 알려져 있었는데, 그보다 앞서 등장한 위대한 자서전 저자로는 간디, 네루, 니라드 차우드후리를 꼽을 수 있다. 아닐의 회고록에는 간디나 네루처럼 대중의 흥미를 불러일으킬 만한 강렬한 내용이 담겨 있지 않았다. 또 차우드후리처럼 긴 분량을 쏟아낼 만큼 광범위한 독서 이력이 드러나지도 않았다. 단지 세상을 바라 보는 창이 캄캄한 어둠뿐인 맹인이 쓴 글이라는 독특함이 있 을 뿐이었다. 간략하게 묘사되거나 장애가 없는 사람이 읽으 면 밋밋하게 느껴질 내용들이 지루하게 이어졌다. 일상의 경 험을 묘사한 데서 돌연 긴박함이 느껴지기도 했다. 자전거 타 기를 배우는 긴 시간에 대한 묘사는 세밀함의 대가 플로베르 의 손을 빌려 표현하더라도 밋밋했을 텐데 아닐의 경우는 달 랐다. 처음 자전거에 올라탔던 순간을 써내려간 부분은 손에 땀을 쥘 정도로 스릴이 느껴졌다. 아닐이 드디어 자전거를 몰 고 집 주변을 도는 장면을 묘사하는 대목에서는 나도 덩달아 위대한 성취감을 느꼈고 흥분되었다. 몸으로 체험하고 쓴 글 들이었다.

출판사는 회고록을 쓴 작가가 시각장애인이라는 점이 판 매에 도움이 되리라 기대했고 이는 맞아떨어졌다. 첫 책은 미국, 영국, 그리고 인도에서 대성공을 거두었다. 이에 힘을 얻은 아닐은 영국이 인도를 통치했던 시대를 살았던 부모와 조부모의 이야기를 담은 회고록도 집필할 수 있었다. 그의 조부는 남북전쟁 당시 미국의 목화 생산량이 급감했을 때 목 화를 인도로 들여와 엄청난 부를 축적했다. 뜻밖의 횡재 덕에 그와 자손들은 떵떵거리며 살 수 있을 만큼 부유해졌지만 해가 갈수록 재산은 점점 줄어들었다. 아닐은 풍족한 유년기를 보냈지만 성인이 되어서도 풍족함을 유지하려면 일을 해야만 했다.

내가 가장 흥미롭게 읽은 책은 아닐이 작가 생활 후반기에 집필한 『눈먼 욕망』이었다. 나는 순서에 상관없이 아무렇게나 읽는 독서법이 싫어서 먼저 전반기의 작품들을 대강 훑었다. 대학원생으로서 특별한 독서법을 터득하진 않았지만, 주제에 근접한 대목과 건너뛰어 읽어도 무방한 대목 정도는 능숙하게 구별할 수 있었다.

헌사는 이렇게 쓰여 있었다. "내 사랑, 어디에 있든 찾을 수 있을 그녀에게."

첫 장부터 『눈먼 욕망』에는 다른 책에서 느낄 수 없는 무언가가 있었다. 내적 욕망을 집요하고 적나라하게 드러낸 것이다. 나는 첫 문장부터 빨려 들어갔다. "나는 부유한 인도의 가정에서 맹인 아들로 태어났고, 어둠 속에서 혼자 있던 나에게 황홀하고도 유일한 위안거리는 수음이었다."

첫 몇 페이지에는 사생활이 전혀 보호되지 않은 대궐같이 큰 집에서 아닐이 혼자만의 구석진 자리를 찾아 숨어들던 색다른 경험들이 묘사돼 있었다. 큰 방들이 여기저기 있었고 벽은 허술한 칸막이로 대강 나뉘어 있었다. 아닐의 조부모와 네 명의 삼촌들, 그들의 자녀들이 모두 한 집에서 살았다. 모두 열여섯 명의 식구들이 300평에 이르는, 긴 옥외 통로가 있고 천장이 높은 방들에서 함께 지냈다. 완공된 이후로 단 한 번도 빈 적이 없는 집이었다. 아이들, 하인들, 그리고 요리사들이 복도 구석구석에서 언제든 튀어나왔다. 아무에게도 방해받지 않는 조용한 곳을 찾는 일이 아닐에게는 가장 힘들었다.

아닐은 몇 군데를 살펴보다 지하실에서 적당한 장소를 발견했다. 1년 치 먹을 쌀과 밀이 저장된, 높이 1미터가 넘는 큰 통들이 있는 곳이었다. 아닐은 곡식들이 쟁여져 있는 큰 통들 뒤편에 누웠다. 누군가 지하실로 내려오더라도 숨기에 안성맞춤이라 일주일에 대여섯 번 그곳을 찾았다.

책에는 그가 쉰이 될 때까지 맛보았던 성경험이 상세히 적혀 있었다.

그의 어머니는 아들이 성과 무관한 아이라고 여겼다. 열여덟 살 먹은 하녀가 아침마다 십대 아들 아닐을 목욕시키고 옷을 입혀주는 임무를 맡고 있음에도 별 의심을 품지 않을 정도였다. 이건 수년 동안 나이 든 하녀의 일이었는데, 그녀가 엉덩이골절상으로 더 이상 일을 할 수 없게 되었을 때 어린 하녀가 들어왔다. 아닐은 욕조에서 가끔 발기가 되었는데, 나이

든 하녀는 시력이 흐릿해진 탓에 알아차리지 못했으므로 아무것도 보지 못한 채 일을 관둔 것이다. 그런데 젊은 하녀가 일을 맡게 되면서부터 상황이 바뀌었다. 처음 며칠간은 못 본 척했지만 사흘째 되던 날엔 그냥 돌아서지 못했다. "그때는 그게 뭔지도 몰랐다." 아닐은 당시 심경을 아주 점잖으면서도 코믹하게 그려냈다. "내 성기는 꽤나 컸는데, 시간이 흐른 뒤 성인이 되고 나서야 감당할 수 없을 정도임을 알게 되었다. 한데 그날 아침 어린 하녀에게는―아마도 이름이 사비타였을 것이다―전혀 문제 될 게 없는 일처럼 보였다." 그녀의 손이 가볍게 성기를 쓸어내리자 아닐은 거친 숨소리를 뱉어냈다. 그날 아침 이후로 아닐이 더운 물로 목욕을 하고 나면 사비타가 손에 비누를 잔뜩 묻혀 그의 몸을 골고루 닦아주었고 다시 더운 물로 헹궈주었다. 아닐은 하녀의 손이 일깨운 성적 쾌락이 건강한 첫 경험이라고 하기에는 힘들다는 점을 인정했다.

성경험에 대한 솔직한 고백과 함께, 드디어, 내가 예상하고 있던 분노가 드러나기 시작했다.

그의 부모는 자식이 철이 들었음을 알면서도 그를 여전히 아이 취급 했다. 열여섯 살 생일을 맞이했을 즈음 아닐은 뚱보에다 무례하고, 걸핏하면 화만 내는 아이가 되어 있었다.

혼자 할 수 있는 일은 전혀 없었다. 어머니가 핀잔하면, 아닐은 어머니 입을 틀어막으며 이렇게 말했다.

"어머니가 내게 아무것도 하지 말라고 했잖아요. 이제 와서 몸에 밴 습관을 버리고 알아서 잘하라고요?"

그의 어머니는 하마터면 '그래, 알아서 좀 해'라고 대답할 뻔했으나 심히 죄책감이 들어 계속 밥을 가져다주었다. 의사는 아닐이 시력을 잃은 원인이 희귀한 질병 때문임을 알았지만, 그의 어머니는 달랐다. 그녀는 신을 두려워하는 사람이라 자기 행동이 연쇄반응을 일으켜 마침내 신이 재앙을 내렸고, 그래서 아닐이 맹인이 되었다고 여겼다. 아닐은 이런 사실을 알았고, 어머니와 가족들을 곤란하게 만들었다.

어느 날 삼촌이 아닐의 집을 방문해 가족들 위에 군림하며 무례하게 행동하는 아닐을 보고 몹시 분노했다. 삼촌은 도시에서 가장 큰 병원의 정신과 병동을 맡기로 하고 최근에 애틀랜타로 이사했고 마침 유색인종 시각장애인 학교의 교장도 만나고 오는 길이었다. 정신과 의사인 삼촌은 아닐의 행동을 보고 상황을 모두 파악했고 자기 심정을 솔직하게 말했다.

"아닐을 내가 데려가겠어요." 삼촌이 고집했다. "아닐을 계속 여기에 두면, 줄창 단것만 먹어 건강을 해치고 분노에 찌들어 오래 살지 못할 거예요."

아닐의 부모는 거절했고, 아닐도 삼촌을 따라가고 싶어 하지 않았다. 왕처럼 군림하며 살던 곳을 두고 떠날 이유가 어디 있겠는가? 하지만 삼촌은 고집을 꺾지 않았다. 학교 근처 시내에 살면서 아닐이 도움이 필요할 때면 언제든 달려가고 잘 돌봐주겠노라고 설득했다. 삼촌은 아닐이 애틀랜타에 도착할 때까지도 다음 달에 샌프란시스코로 근무지를 옮길 거란 사실을 숨겼다.

"우리 부모님께 거짓말을 했군요." 아닐이 말했다.

"그랬다. 단언컨대 너는 언젠가 내게 고마워하게 될 거다."

아닐이 조지아에 있는 학교에 다닌 지 2년이 흐른 뒤, 교장은 반에서 1등을 한 그와 동기 세 명에게 축하한다며 직접 차를 몰고 시골 오지에 있는 사창가로 데려갔다. 교장은 마담과 함께 객실에 앉아서 제자들이 정신이 혼미해지는 동안 멘톨 담배를 피우고 얼음을 넣은 시럽 같은 베르무트를 마시며 기다렸다.

로즈라는 여자는 이름에 걸맞게 가슴이 크고 만개한 지 하루가 된 꽃 같은 향기가 났다. 아닐은 로즈의 몸에 들어간 지 20초도 안 돼 사정하고 말았지만, 그녀는 아닐의 머리와 등을 쓰다듬으며 천천히 다시 해보라고 격려해주었다. "나는 창녀를 떠올리면 언제나 마음 한편이 아련해지곤 했다. 시라라는 맹인 소녀가 있었지만, 솔직히 말하면 로즈가 첫 여자였다." 아닐은 이렇게 적었다.

아닐은 고등학교를 졸업하고 집이 있는 인도로 돌아갈 계획이었으나 상담 교사는 미국에 있는 대학에 원서를 내보라고 권했다. 그는 버클리 대학에서 좋은 조건으로 장학금을 받게 되었고, 다른 비용들은 샌프란시스코에서 개원을 해 크게 성공한 삼촌이 대주었다.

나는 아닐에게 아버지 같은 존재감을 기대하고 조수 일을 수락한 것은 결코 아니었다. 다만 아닐이 버클리 대학을 다녔다는 사실을 알았을 때(같은 카스트 출신 인도 사람이라는 사실보다) 각별한 느낌을 받았음을 부인할 수 없다. 나는 비록 대학원에 진학하기 위해 샌프란시스코 만 건너편에 있는 학교 근처로 이사했지만, 대학 시절 누비고 다녔던 캠퍼스 구석구석을 여전히 사랑하며 추억하고 있었다. 그래서일까, 나는 마치 아들이 아버지의 모교에 다니면서 품었을 지속적인 유대감—귀족적인 미국 상류층이 자랑거리로 여기는, 대를 이어 예일 또는 프린스턴 대학에 다니는 일처럼—을 고스란히 느꼈다. 우리는 해마다 실망감을 안겨주는 캘리포니아 풋볼 팀을 두고는 많은 이야기를 나누지 않을 테지만, 그가 나보다 수십 년 먼저 휠러 홀에 앉아 강의를 들었다는 상상만 해도 멋지다는 생각이 들었다. 나는 내 아버지와 여러모로 좋은 관계를 유지하고 있었지만 학연으로 인한 소속감과 유대감까지 느낄 수는 없었다. 나 자신은 아닐과 미라 같은 사람들이 몸담은, 조금 다른 계층으로 상승하고 있다고 여긴 반면, 아버지는 상층 노동자 집단에 속한 사람이라고 여겼다.

버클리 대학에서 아닐은 몇몇 여자에게 매료되었다. 그들은 모두 좋은 가정에서 자랐고, 학생 신분에 걸맞은 얌전한 옷차림으로 강의실에 왔다. 술에 취한 아버지들과 대판 싸운 끝에 힘겹게 버클리 대학 입학을 허락받았던 근엄한 집안의 딸들이었다. 대놓고 베트남전쟁이나 환각제 복용을 반대한다고 말할 용기 있는 사람들은 아니었지만, 아닐과 함께 있을 때면 자기 삶의 틀에서 안전하게 이탈하는 방법을 알고 있는 사람들이었다. 그녀들은 각자 아닐을 챙겼고, 그를 강의실로 데려가고 데리고 나왔으며, 인도에 관해 물었고, 성에 대한 가톨릭 교리가 자신들을 얼마나 피곤하게 만드는지를 털어놓았다. 그런 고백은 아닐과의 관계를 이상적으로 발전시키기에 더없이 적절해 보였지만 그녀들은 어느 지점에 이르자 약속이나 한 듯 뒤로 물러서 버렸다.

"나는 줄곧 여자들에게 퇴짜를 맞았는데, 여자들이 불구를 가진 남자와 친밀감을 느끼는 일 자체를 꺼리기 때문이라고 여겼다. 실제로 그녀들도 그랬다. 그런데 알고 보니 나는 불구의 본질을 잘못 이해하고 있었다. 그들은 나와 함께 거니는 모습이나, 나를 돌보는 행동이 남의 눈에 띄는 것을 좋아하면서도 어느 선을 넘으려 하지는 않았다. 그때는, 아니 여전히 오늘날에도 나는 보통의 유색인종 남자처럼 위화감을 주는 사람은 아니다."

아닐은 영문학을 전공했다. 졸업 작품으로 제출했던 두 챕터 분량의 원고는 훗날 첫 책의 도입부가 되었다. 버클리 대학을 졸업하고 1년 후 완성한 예의 회고록은 대단한 찬사와 호평을 받으며 잘 팔려나갔다. 여자들이 그와 섹스하기를 꺼리던 시간들이 낳은 반전의 결말이었다.

아닐은 이십대와 삼십대를 통과하면서 맨해튼으로 이사를 갔고 이제 여자들을 만나 사귈 기회가 많았다. 아름다웠는데도 불구하고 용기 있게 다가오는 이가 없어 파티에서 늘 외로웠던 여자들이라고 했다. 아닐은 인기 있는 회고록 집필자였고, 그의 책은 북동부에 사는 변호사나 정신과 의사, 혹은 홈볼트 카운티(미국 캘리포니아 북쪽 해안가에 있는 전원주택 지역—옮긴이)에 살고 있는 가정주부들에게 잘 팔렸기에 늘 사람들의 관심을 모았다.

아닐은 여자들과 섹스하기를 즐겼고 여자들도 그를 좋아했다. 상대가 맹인이니, 여자들은 자기 모습을 보이고 싶지 않을 때 외모에 신경 쓰지 않아도 되어 좋았다. 어떤 여자는 하루나 일주일간 머물렀고, 또 다른 여자는 더 오래 머물며 아닐의 눈이 되어주거나, 비서 혹은 돈독한 친구가 되어주기도 했다. 하지만 2년쯤 지나면, 아닐은 여자들이 해주는 일과 자신이 줄 수 있는 보답이 한계가 있음을 느끼게 되었다.

시간이 오래 흐른 뒤 친구들은 아닐과 사귀었던 여자들이 웨스체스터(대가족이 많이 사는 대저택들이 있는 뉴욕 시 외곽─옮긴이) 지역으로 이사를 갔고 다른 남자의 아이를 가졌다고 말했다. 아닐과 사귀고 있을 때는 자식도 결혼도 쓸모가 없다고 종종 말하던 여자들이었다. 육십대가 되었을 때 자신들의 모습을 상상하지 않고 한 말들이었으니 애초에 아닐과 함께하는 미래를 생각해본 적이 없다는 뜻이었다.

아닐의 놀랄 만한 섹스 정복기는 읽어본 적이 거의 없는 글이었다. 침침한 학술도서관 한구석은 이상할 정도로 에로틱한 분위기마저 내뿜고 있었다. 한편으로는 포르노 같은 분위기를 풍겼음에도 계속 페이지를 넘기게 하는 놀라운 힘을 발산했고 밤은 깊어갔다. 그런데 읽을수록 무언가 누락돼 있는 것처럼 느껴졌다. 아닐은 여자에 대해 많은 얘기를 했고 섹스를 하면서 느낀 바를 세밀하게 서술했지만, 여자들의 모습이라든지 상대가 어떤 감정을 느끼며 어떤 표정을 지었는지를 묘사하는 대목은 거의 찾아볼 수 없었다. 반면 인생의 다른 측면은 세밀하게 묘사해두었다. 초기작에서는 여러 세대가 사는 커다란 집 안 구조를 공들여 설명해 나갔다. 눈으로 선명하게 보고 있는 느낌이 들 정도였다. 그런데 섹스에 관한 대목에서는 여자는 가슴이 "컸다" 혹은 그녀의 질은 "젖어" 있었다, 하는 식으로 빈약한 설명이 이어졌다. 마치 수줍음을 타는 사람 같았다. 글 쓰는 이에게 가장 중요한, 세밀한 필치를 아예 갖고 있지 않은 사람 같았다. 사실 그런 묘사 자체가 유아적이었다. 나는 아닐이 성교를 한 순간들에 대해서는 많이 알게 되었지만, 상대한 여자들에 관한 내용은 별로 없었기에 놀랍도록 궁금증이 일었다.

어찌되었든 너무도 슬픈 이야기였다. 섹스에 관해 많은 이야기를 늘어놓았지만, 또 명성에 걸맞게 잘 살았지만 지금은 저축한 돈을 까먹으며 사는 외로운 남자가 있을 뿐이었다. "나는 평생 내가 사랑했던 여자들의 겉모습에 감추어진 깊은 내면을 탐색했지만, 아무도 내게 진실로 화답하지는 않았다."

나는 책을 읽다 약속 시간을 놓치거나, 먹는 것을 잊을 만큼 몰입하는 사람은 아니었다. 그래서 15분 후에 도서관을 닫는다는 커다란 안내방송이 흘러나왔을 때 화들짝 놀라고 말았다. 무려 다섯 시간을 내리 앉아 있었다. 도서관 출구를 빠져나가는데 아닐의 여자들이 흐릿한 이미지로 다가왔고 한 가지 질문이 솟아났다. 그럼 오후에 만났던 미라는 어떤 여자지? 2년 후면 떠날 여자일까? 나는 혹시 아닐이 평생 꿈꾸던 여자를 만난 것은 아닐까 하여 두려움이 일었다. 만약 그렇다면, 두 남자가 같은 꿈을 이룬 것이다.

아닐의 집에 방문한 첫날 아침, 나는 간밤에 늦게 잠자리에 들어 약간 피곤했더랬다. 아닐은 응접실에 앉아 차를 마시고 있었다.

그는 페이즐 무늬가 가늘게 그려진 우아한 찻잔을 집어 들었다. "100년 된 거라네. 예전 괄리어 토후국의 군주 마하라자의 소장품인데, 저들이 우리한테 이걸 사용하라고 애걸하는 거야." 그는 집 밖 본채를 가리키며 말했다. "웃기는 얘기지만, 저 사람들은 우리가 예술품과 함께 생활하길 원해."

아닐은 카페인에 중독되어 있었다. 그의 어머니가 끓여주던 차를 떠올리게 할 만큼 미라가 설탕을 듬뿍 넣어 내온 차를 즐겼다. 그는 발자크가 끊이지 않고 커피를 마셨다는 글을 읽은 적이 있었다. 아닐은 초기에 기성 작가들을 흉내 내가며 작가의 면모를 갖추고 싶어 했더랬다. 자기 이름이 새겨진 문구 용품을 주문한다든지, 고급 만년필을 사서 점자번역가에게 사용하게 한다든지, 이른 아침에 집필을 시작해 늦은 밤까지 계속하는 식으로. 이런 버릇들 가운데 카페인 중독만 끈질기게 살아남았고, 카페인은 하루 종일 몸속으로 방울방울 흘러 들어갔다.

현재 외모만 보자면 아닐이 『눈먼 욕망』의 주인공임을 암시하는 구석은 전혀 없었다. 이 소설은 미라를 유혹한 얘기도 아니었다. 사교클럽에 다니던 남자가 정교하게 지어낸 허풍 정도? 아름다운 여인을 유혹하는 아닐의 능력은 아마도 미라를 만나 절정에 이른 것만 같았다.

내가 의자에 앉자 아닐은 상체를 약간 구부려 은빛으로 빛나는 다기로 내게 차를 따라주었다. 그는 찻잔을 더듬어 찾더니 위치를 확인하고, 오차 하나 없이 정확하게—찻잔에 꼭 맞는 양을 딱 적당한 높이에서—단 한 방울도 흘리지 않고 차를 따랐다. 나는 손으로 찻잔과 차받침을 집어 들었는데, 너무 조심스러운 나머지 오른손이 약간 떨리기 시작했다.

"저는 그냥 주방에 있는 머그잔에다 마실래요." 내가 말했다.

"좋을 대로 해. 어찌된 영문인지는 모르겠지만, 차는 이 찻잔으로 마셔야 훨씬 맛이 있지." 아닐이 말했다.

아닐은 마치 감각적인 예술품을 음미하는 사람처럼 찻잔을 들어 입술에 가져가 카르다몸(생강과 식물 씨앗을 말린 향신료—옮긴이) 향을 천천히 코로 들이마신 후에 아랫입술을 찻잔 가장자리에 대고 잠시 멈추었다가 찻잔을 천천히 기울여 뜨거운 찻물을 혀에 적신 다음 따뜻한 찻물이 목을 지나 심장에 가 닿을 때까지 기다렸다.

나도 그렇게 해봤다.

"어때, 맘에 드나?"

사기로 된 고급 찻잔에 차를 마시면 단순한 카페인이 아닌 꿀맛 느낌이 나는 묘한 매력이 있다. 나는 왜 사람들이 성배로 포도주를 마시고 싶어 하는지 알 것만 같았다.

"앞으로 어떻게 싸구려 머그잔에 마셔야 할지 모를 정도네요?"

"이 맛을 봤으니, 다시는 그렇게 못 할 걸세." 아닐이 말했다. "내가 안 볼 때 이 찻잔을 몰래 훔쳐야 할 거야."

나는 농담이라고 생각했는데, 아닐은 정말 고개를 옆으로 돌려 앞에 놓인 신문을 보는 시늉을 했다. 나는 차를 홀짝이며 아닐의 눈을 보려고 시선을 따라갔다.

나는 만화를 통해 처음 시각장애인을 가까이 접하게 되었다. 종교와 도덕 교육의 상당 부분은 미국으로 올 때 부모님이 사준 인도 만화책 『아말 치트라 카타』(인도 출신 이주자와 더불어 실천적인 형태의 새 힌두교가 미국에 들어왔다. 미국의 팝문화가 이에 반응하여 제작된 만화책 제목이다. 인도계 학생들이 자신의 문화를 배우는 길잡이 역할을 한다―옮긴이)를 통해 배웠다. 길고 지루한 비행 시간을 만화책 덕분에 견뎠고, 전적으로 새로운 가치를 추구하는 낯선 곳에 도착했을 때 내 안에는 만화책에서 배운 인도의 종교와 문화가 가득 들어차 있었다. 만화의 상당 부분은 〈라마야나〉와 〈마하바라타〉(힌두교의 위대한 서사시―옮긴이)에서 가져온 종교에 관한 이야기들이었고, 다른 부분은 착한 아이가 되는 법, 결혼생활 규칙과 정직의 중요성을 가르치는 교훈적인 내용이었다. 돌이켜 생각해볼수록, 부모님이 내게 그런 책을 안겨준 이유는 딱히 목적이랄 게 없이 단순했던 듯하다. 한 곳에 얌전히 앉아 있지 못할 정도로 힘이 넘치는 여덟 살짜리 아들이 긴 비행시간을 견디게 해줄 장난감 정도로 생각했을 터였다. 그러니 내가 그런 책을 통해 무언가를 얻었다면 뜻하지 않은 큰 소득이었다.

지금도 마음 깊이 남아 잊히지 않는 이야기가 있다. 이야기가 어떻게 시작되고 끝났는지, 상세한 내용은 기억이 안 나는데 혼자 근근이 살아가기도 벅찬 아들이 맹인 부모를 돌보며 살아가는 이야기인 것만은 확실하다. 이 효자 아들의 강렬한 이미지가 여전히 뇌리에 남아 있다. 부모는 도움이 필요 없다며 고집을 피웠지만 아들의 도움 없이는 아무 일도 할 수 없는 사람들이었다. 그들은 매일매일 마을에서 마을로 다니며 효심이 지극한 아들을 뒀다는 칭찬을 들었고, 쌀과 팥을 얻어 연명했다. 한번은 아버지가 너무 쇠약해져서 걸을 수 없게 되자, 아들은 마치 아이를 업는 것처럼 지게를 만들어 아버지를 등에 업고 다녔다.

어린 나는 이 이야기를 효행에 대한 가르침으로 읽었는데 읽으면 읽을수록 무섭게 느껴졌다. 맹인 부모—아버지의 눈은 마치 낡은 미식축구 공을 기운 바느질 자국처럼 주름이 져 꾹 감겨 있었고, 어머니는 잿빛 눈을 뜨고는 있지만 앞을 못 보는 상태였다—이미지가 끔찍했고, 그들이 감내해야 할 곤궁한 현실은 죽음보다 더 끔찍하다는 생각이 들었다. 도저히 책에서 눈을 뗄 수 없을 정도였다.

시간이 흘러 나는 텔레비전을 통해 레이 찰스와 스티비 원더를 보았고, 거리에서 지팡이에 의지한 맹인들을 마주쳤지만 맹인과 직접 대면하고 소통한 적은 아닐이 처음이었다. 바로 그때, 지금은 '멘토'에게 느끼는 감정이라고 부르고 싶은 감정이 싹터 올랐을 때, 아닐의 눈이 약간 불안스레 흔들렸다.

우리 둘 사이에 놓인 커피 테이블에 《뉴욕 타임스》, 《파이

낸셜 타임스》,《워싱턴 포스트》,《인도 타임스》,《힌두신문》이
쌓여 있었다. 또《이코노미스트》,《뉴요커》,《뉴욕 북 리뷰》,
《지큐(GQ)》 같은 잡지도 있었다.

"우리, 뭐부터 시작할까요?" 내가 물었다. 맹인에게 책을
읽어주는 일이 세상에서 가장 쉽거나 가장 어려운 일처럼 여
겨졌다.

"시작은 '우리'가 아니라 자네가 하는 거라네."

미라와 아닐은 귀에 거슬리는 말을 유머로 만들어버리는
재주를 공유한 사람들 같았다. 두 사람과, 그들의 집에서 풍
기는 음식 냄새가 친숙하게 느껴질수록 이 커플을 전혀 모르
고 살아왔다는 사실이 이상하게 여겨질 지경이었다.

"헤드라인하고 기사마다 한 문단씩 읽어주면, 계속 읽어야
할지 다음 기사로 건너뛰어야 할지 말해주겠네."

"뭐 특별히 먼저 읽어야 할 신문이라도 있나요?"

몇 초간 기다렸는데 아닐은 아무 대답이 없었다. 나는《뉴
욕 타임스》를 집어 들고 접힌 부분 위에서부터 읽기 시작했
다. 아닐은 카우치에 등을 기댄 채 눈을 감고 있는 것처럼 보
였는데, 실제로 눈을 언제 뜨고 언제 감는지를 구별하기가 쉽
지 않았다. 그는 망막의 섬세한 기능을 귀의 기능으로 쉽게
전환하는 것만 같았다.

두 시간 동안 나는 겨우 《뉴욕 타임스》와 《인도 타임스》, 두 신문을 훑었다. 각 면의 첫 섹션부터 시작해 계속 신문의 머리기사를 읽었다. 약 다섯 개의 머리기사 가운데 하나를 골라 전체 기사를 읽었는데, 중간 정도를 읽어 내려갈 때쯤이면 아닐은 손을 살짝 들어 올리고 그만 읽으라고 말했다. 두 시간이 흐르자 대학원의 4학기 가운데 첫 학기를 마친 뒤에 경험한 극심한 피로를 느꼈고, 하루 온종일 틈날 때마다 쉬지도 못하고 예습을 하거나 카를 마르크스의 저작을―더 쉽게 써도 될 것을 뭐 그리 어렵게 써놓았는지―정독했을 때처럼 힘들었다. 다음 날 아침, 정신은 피로하지 않았지만, 턱, 입, 그리고 눈은 피곤에 절어 당장 쉬고 싶을 정도였다. 조용한 가운데 큰 소리로 신문을 읽는 일에는 어떤 실수도 허용되지 않았다. 한 번도 정확하게 큰 소리로 발음해본 적이 없는 단어들을 일관성 있는 목소리로 읽어 내려가기가 얼마나 힘든 일인지 깨달았다. 나 혼자 눈으로 뭔가를 읽을 때는 모르는 단어가 나오더라도 대충 이해했다고 생각하고 넘어갈 수 있었다. 그런데 아닐은 달랐다. 이해할 수 없는 부분이 나오면 언제든 읽기를 멈추게 했고 내가 방금 읽어 내려간 부분들에 대해 되물었다. 나는 맹인 독자가 듣긴 듣는데 이해하지 못하는 부분이 생길까 염려되어 최대한 또박또박 읽었다.

"자네는 행복한가?" 아닐이 나를 향해 고개를 돌리며 불쑥 물었다. 내가 막 다른 신문을 집어 들려고 했을 때였다.

"물론이죠." 나는 단 1초도 망설이지 않고 그렇게 말했다.

"여기 앉아서 내게 신문을 읽어주는 일이 행복하냔 말이 아니고, 참 행복 말이야. 참 행복을 아느냐고 묻는 거야. 나는 나와 함께 시간을 보내는 사람이 어떤 사람인지 알고 싶은 거라네."

갑자기 긴장감이 밀려왔다. 내가 얼마나 행복한지를 물어서가 아니다. 난해한 질문을 내가 어떻게 받아들이는지를 테스트하는 시험을 치르는 것만 같았다. 나는 논리 퍼즐이나 즉각 답을 내놓길 요구하는 어려운 질문에는 젬병이었다.

"행복한 사람인 것 같아요."

바닥에 금가루가 뿌려진 욕실을 걷고 있는 사람이라도 완벽하게 행복하지 않다, 이런 사실을 그때는 알 수 없었다. 야자수가 가득 들어찬 캠퍼스에서 언제든 원하는 일을 할 수 있었으니 행복했다. 무엇보다 스물네 살보다 더 많은 가능성과 장래가 보장된 나이가 또 있을까?

"행복한 사람인 것 같다고?"

"네, 그런 것 같아요." 내가 말했다. 갑자기 행복을 자세히 설명하기가 너무나 어려워졌다. 행복의 기본 '조건'들을 줄줄

이 늘어놓는 것도 너무 피상적이거나 모호한 답이었다. "좋은 대학에서 내게 읽고 쓸 것들을 제공하죠. 예컨대 안톤 체호프가 쓴 모든 글을 읽고 싶다면 아무런 방해도 받지 않고 며칠이고 도서관에 틀어박혀 있을 수 있어요. 그런다고 아무도 뭐라 하지 않죠. 어디든 자전거를 타고 갈 수 있고요. 목요일 오후 강의가 끝나면, 파머스 마켓에 가서 싱싱하게 여문 복숭아를 사고 예쁜 히피 아가씨들과 시시덕거리기도 하죠."

"정말 멋진 청춘이군. 그런데 왜 그게 행복이지?"

나는 잠시 질문에 대해 생각했다. "자유를 즐기니까요."

아닐은 마치 특이한 짝짓기 습관을 고백한 사람을 대하는 인류학자처럼 심사숙고하는 표정으로 나를 바라보았다.

"그럼, 선생님은요?"

"내가 뭘?"

응수할 셈은 아니었는데, 아닐은 사람들이 불쑥 던지는 질문에 익숙하지 않은 사람 같았다. 그는 잠시 말이 없었다.

"나는 단지 자네도 자네와 시간을 함께하는 사람에 대해 알아야 한다고 생각했네."

그는 다시 침묵했다.

"나는 지금 행복하네. 내가 그동안 누려온 어떤 행복한 순간보다 더."

아닐이 행복하지 않다면 나는 오히려 이해할 수 없었을 것이다. 많은 책을 펴냈고 아름다운 아내가 있지 않은가. 앞을 못 보는 문제가 있지만, 이를 극복할 수 있는 시간도 충분히 주어졌을 터였다.

"내가 쓴 책들이 있고 아름다운 아내도 있지." 마치 내 마음을 손금 보듯 읽은 사람처럼 아닐이 말했다. "그렇지만, 참 어처구니없는 질문이지. 언제부터 행복이 우리 삶의 목적이 되었다고, 안 그런가?"

내가 무어라 대답하기 전에 그가 말을 이어갔다.

"여자 친구 있나?"

그런 질문을 하다니, 약간 당혹스러웠다. 우리 부모도 내게 여자 친구가 있냐고 묻지 않았다. 이 질문이 무엇을 의미하는지 알면서도 대놓고 물으려 하지는 않았다. 설령 내게 여자 친구가 있어도 부모님께 말하지 않고 조용히 있다가 결혼할 마음의 준비가 되었을 때만 소개하는 게 당연지사라고 여겼으니까.

"지금은 없어요."

전에 사귀던 여자들이 있었지만 '여자 친구'라고 부를 만한 여자는 헬렌뿐인 듯했다.

헬렌과 나는 대학원 동기였다. 그녀의 예일 대학 졸업장은 내 기를 죽이기에 충분했지만 또 한편 매력적인 요소였다. 강의가 끝나도 우리는 붙어 다녔다. 과 모임에서도 우리는 구석에 함께 앉았고, 공짜로 제공하는 와인을 서로 홀짝였고, 다른 교우들과 교수들 뒷담화를 나눴다. 우리는 도서관에 가서도 서로를 찾았다. 이유는 모르겠지만, 나는 우리가 서로를 금방 찾아낼 수 있다는 데 추호도 의심이 없었다. 나는 소행성이고, 헬렌은 마치 태양이 되어 나를 끌어당기기라도 하는 것처럼.

헬렌과 사귀고 처음 맞는 추수감사절 때, 헬렌은 갈 데 없는 우리 몇몇을 위해 오븐에 통닭을 구웠다. 와인을 몇 병 비웠을 때, 단둘이 그녀의 작은 기숙사 방에 남게 되었다. 헬렌의 룸메이트도 없었고 다른 이들도 비틀거리며 집으로 돌아간 후였다. 창밖에는 우기가 왔음을 알리는 첫 비가 내리고 있었다.

"나, 실은 고향에 만나는 남자가 따로 있어." 헬렌은 내게 몸을 가까이 기대오며 말했다. 그녀에게서 와인 냄새가 났고 따뜻한 입김이 내 뺨에 닿았다. "대학교 1학년 때부터 사귄 남자야."

순식간에 심장에 피가 가득 모이더니 두 개의 심방으로 빠르게 나뉘며 흘러가는 것만 같았다.

지난 몇 주 동안 나는 헬렌을 대학원 시절과 이후까지 함께 갈 여자라고 굳게 믿었다. 대학원을 중도에 포기하지 않고 계속 다니기로 결정했을 때, 나는 헬렌의 진갈색 곱슬머리와 명문대 졸업장, 영특함을 함께 떠올리며 안도했다. 말하자면 내가 월스트리트에서 일하는 여자—정장에 머리를 질끈 묶은—한테서 찾을 수 없는 매력이 그녀에게는 있었다.

"유감이네." 내가 말했다.

"그러게." 헬렌은 그렇게 대답하며 키스를 하기 위해 내게 몸을 기대었다.

학부 시절이라면 나는 단호하게 선을 그었을 터였다. 하지만 그 순간에는 어쩔 수 없이 몸이 헬렌에게 점점 다가갔고, 몇 분도 안 돼 그녀는 자기 옷은 하나도 안 벗고 내 옷을 하나둘씩 남김없이 벗겼다. 그런 순서를 좋아하는 것만 같았다. 나도 드디어 헬렌의 옷을 벗겼고 내 손 안에 젖가슴이 꽉 들어찼다. 헬렌이 반대했지만 나는 그녀의 몸 구석구석을 보고 싶어서 전등을 끄지 말라고 고집을 부렸다. 우리는 다음 날 정오까지 잤다.

다음 몇 달 동안 우리는 계속 몰래 만났는데 사실 그래서 더 짜릿했다. 헬렌의 2층 아파트에서 긴 오후를 보냈는데 내가 한 번도 경험해보지 못한 놀라운 방법으로 서로의 몸을 나누었다. 긴 행위가 끝나면 우리는 책을 읽었다. 헬렌은 예이츠, 조이스, 그리고 아일랜드 독립운동에 관한 책들을 읽었으며, 나는 인도 역사학 책들을 훑어보곤 했다. 어느 날 오후, 나는 헬렌의 파리해 보일 정도로 하얀 엉덩이에 15세기 인도양 무역에 관한 책을 눈높이에 맞게 올려놓고 읽었는데, 내 생애에서 무엇과도 바꿀 수 없는 가장 행복한 순간이었다.

마침내 나는 우리가 서로 피했던 대화를 꺼내게 되었다. 나는 사람들의 눈을 의식하지 않고 함께 식당에 가고 대낮에도 키스를 하고 싶었다. 숨어서 그런 짓을 하자니 이제 지겨웠다. 고향에 남자 친구가 있다는 사실을 헬렌이 대학원에서 사귄 친구들은 알았기에 그녀는 우리 관계를 사람들에게 알리고 싶어 하지 않았다.

"나는 우리가 여기서 함께하는 것들을 정말 사랑해. 네가 고향에 있는 남자와 함께 있을 때는 못 느끼는 것들이라고 생각해." 내가 말했다.

어찌된 영문인지 헬렌은 내 말에 불쾌해했다.

"그와 나는 다른 걸 공유하고 있어." 그녀가 말했다.

나는 더 나은 삶이 존재한다는 말로 받아들이기 싫었다.

"그리고 나는 그를 사랑해." 헬렌은 덧붙였는데, 아마도 죄의식을 느껴 그렇게 말한 듯했다.

"나랑은 섹스만 나누는 걸로 충분하고?"

내가 참았어야 했는데, 자존심이 무척 상했는지 마음에도 없던 말이 입에서 튀어나오고 말았다.

"개새끼!" 헬렌은 신랄하게 한마디를 던지고 자기 아파트를 향해 몸을 돌렸다.

그뿐이었다. 그녀는 너무도 빨리 나를 잘라냈다. 학과 행사에서도 우리는 늘 다정했었고 캠퍼스 어디를 가든 동행했는데, 나는 더 이상 헬렌을 볼 수 없었다. 다음 학년이 되었을 때도 헬렌은 뉴욕에 있는 집에 머물기로 결정했는지 끝내 돌아오지 않았다.

나는 아닐에게 그런 얘기를 하지 못했다. 그렇게 솔직한 대화를 나누기엔 너무 일렀다.

"대학원 생활을 막 시작했을 때 여자 친구가 하나 있었는데, 이젠 없어요. 형편없는 데이트를 몇 번 해봤을 뿐이에요."

"우리가 새 여자 친구를 먼저 찾아줘야겠군. 그럼 자넨 더 행복해질 거야, 적어도 당분간만이라도." 아닐이 말했다.

나는 행복에 관한 아닐의 질문에 어찌 대답해야 하나 골몰해 있었는데, 그는 신문을 내려다보며 내가 건너뛰었던 《타임스》의 스포츠 기사를 읽어달라고 했다.

아닐은 스포츠에는 별 관심이 없었지만, 야구는 무척 좋아했다. 아닐 말로는 예전에 텔레비전이 있기 전에 미국인들은 라디오로 야구 중계를 들었다. 청취자들은 방송을 들으며 구장에서 벌어지는 일들을 상상할 수밖에 없었다. 뉴욕에 있는 집에 머무를 동안 아닐은 라디오에서 흘러나오는 야구 중계를 듣거나, 녹음기에 작업에 필요한 내용들을 녹음하며 끈적끈적한 여름밤을 보내곤 했다. 그는 뉴욕에 있는 두 팀 가운데 양키스보다 메츠를 더 좋아했다. 당시에도 그렇고 지금도 나는 아닐이 메츠를 선택한 것이 무엇을 암시하는지 알지 못한다.

"양키스를 좋아하는 것은 특별한 용기가 필요한 일은 아니거든. 특히나 요즘에는 말이야." 내가 이유를 묻자 아닐이 그렇게 대답했다.

양키스와 메츠는 각자 플레이오프 경기를 치르고 있었다. 서브웨이 시리즈(뉴욕을 본거지로 한 양키스와 메츠가 맞붙는 경기─옮긴이)가 열릴 가능성도 있다는 얘기가 흘러나왔다.

"페드로는 메츠에 가장 어울리는 선수야. 만약에 그가 팀에 남았다면 우리가 올해도 확실히 이길 텐데." 아닐이 말했다.

나는 무슨 뜻인지도 모르면서, 동의한다는 의미로 고개를 끄덕여야 한다고 느꼈다.

"오늘은 이 정도로 하지. 자네 생각에는 이 일이 재밌을 것 같나?" 아닐이 말했다.

나는 아닐과 함께 시간을 보내는 것도 좋을뿐더러 책과 글쓰기에 대해 더 많은 얘기를 나누고 싶기도 했다. 또한 미라도 다시 보고 싶었다. 올 때마다 미라를 볼 거라고 기대했는데 그러지 못했다.

"당연히 재밌지요." 나는 간절한 마음을 드러내지 않고 말했다.

"그럼 내일도 보기로 하지."

아닐이 손을 뻗었고, 나도 손을 내밀어 악수를 했다. 손이 크고 악력이 강했는데 다른 신체 부위도 이렇게 강건하다면 틀림없이 장수할 것 같았다.

처음 2주간은 일주일에 세 번, 하루 서너 시간 머물렀다. 첫주에는 앉아서 책을 읽어주었는데, 신문을 읽어주는 틈틈이 집 안에 있는 아름다운 가구들과 예술품들 그리고 아닐을 조심스럽게 흘깃거렸다. 내게는 온통 새로운 것들이었다. 첫날 여자 친구와 행복에 관한 대화를 나눈 후부터 나머지 날들도 자연스럽게 차를 마시며 글을 읽는 사이사이 활발한 대화를 나누리라 짐작했다. 가령, 아닐은 유명한 작가들과 함께한 긴 저녁 식사 이야기며 글쓰기에 필요한 충고를 해줄 테고 나는 내 유년의 이야기들을 한두 가지 들려줄 것이다. 그런데 둘째

날 아침이 되었을 때, 아닐은 몸을 소파 안으로 구겨 넣은 채 앉아서 듣기만 하고 고개를 끄덕일 뿐이었다. 마치 전날 너무 많은 것들을 드러내 후회하느라 침묵하는 사람 같았다.

나는 읽기에 익숙해졌고, 계속 읽으라거나 그만 읽으라는 신호―그가 내는 소리나 고개를 젓는 모습―를 이해할 수 있게 되었다. 침묵은 흥미 있다는 의사 표시였다. 그는 신문의 1면과, 국제 뉴스, 경제, 그리고 문화 예술 분야의 지면을 좋아했다.

아닐은 자신이 모르는 작가들이 쓴 책의 서평을 읽어달라고 했다. 나는 질문은 하지 않고 그냥 읽기만 했다. 나중에 아닐은 아는 작가들의 책 서평은 듣고 싶지 않다고 했다. 호평은 부럽고, 악평은, 마치 자기 책의 서평이라도 되는 것처럼 마음이 상한다고 했다.

첫 주가 지날 무렵 나는 임무를 잘 수행했다는 확신이 들지 않아 두려웠다. 읽기는 잘했지만, 아닐은 내가 어찌해볼 도리가 없는, 재치 있게 즉답도 잘하는 센스 있는 사람을 원했을지도 모른다는 생각이 들었다.

"첫 주치고는 잘했어. 본능적으로 자네의 읽기 능력을 딱 알아봤지. 좋은 주말 보내고, 다음 주에 보기로 하지." 아닐이 말했다.

나는 가볍게 웃었다. 아닐이 주급이 들어 있는 봉투를 건넸을 때 나는 어찌되었든 조수 자격으로 이 집에 왔다는 사실을 명확히 깨달았다. 자전거를 타고 집으로 돌아갈 때는 자신이 조금 왜소하게 느껴졌고 우울했다. 그날 밤, 친구들과 함께 주급으로 받은 돈을 몽땅 술값으로 날려버렸다.

그다음 주 초에, 나는 아닐이 화장실을 사용할 동안 차를 마시며 잡지를 뒤적였다.

"뭘 읽고 있었나?" 그가 돌아와 소파에 앉으며 물었다.

"《지큐》요." 내가 말했다.

"뭐 좋은 내용이라도 있나?"

나는 슈퍼모델 신디 크로포드의 흑백 나체 사진 여러 장을 한참 보고 있었다는 말은 하고 싶지 않았다. 나는 크로포드의 완벽한 몸매와 입술 옆의 검은 점, 보기 좋게 그을린 긴 다리를 좋아하고 싶지는 않았다. 모든 남자들은 한때 신디 크로포드 열병을 앓지만, 나까지 그렇고 그런 남자가 되고 싶진 않았다.

"사진들이 독자의 시선이 맨 먼저 가는 자리에 실렸네요. 궁금하세요?"

"그런 것에 열광해본 적이 없었네. 여기저기 널려 있거든."

"이 여잔 신디 크로포드예요." 모험심이 가득한 목소리로 내가 말했다. 아닐은 그녀를 알 리 없다고 여기며.

"아! 잡지의 품격이 거기서 드러나는군. 나도 좀 보세." 그가 말했다.

아닐은 앞에 놓인 테이블 한쪽을 가리켰다. 나는 잡지를 거기에 놓았고, 크로포드가 흰 남성 셔츠만 걸치고 찍은 사진을 쫙 펼쳤다. 그는 마치 피아노 건반을 가볍게 두드리는 사람처럼 조용히 크로포드의 사진 구석구석을 손가락으로 지나가며 톡톡 쳤다.

"멋진 여자야. 파티에서 만난 적이 있지. 내 작품을 좋아한다더군. 나도 당신의 예술 같은 몸매를 좋아한다고 말했지." 그가 말했다.

아닐은 옛 기억을 더듬어 말하며 웃기 시작했다.

"정말 그렇게 말하셨어요?"

"그랬지. 신디는 진심으로 고맙다고 말했어. 자기를 알고 있다고 해서 조금 놀랐나 봐."

아닐은 잡지를 덮고 내 쪽으로 조금 밀어놓으며 한숨처럼 한마디를 뱉었다. "여자는―"

"참 복잡하지요." 나는 대화를 계속 이끌고 싶은 마음에 그렇게 말했다.

"얼마간은, 참 완벽할 수 있지. 좋은 여자는 계속 완벽하고."

그 주의 나머지 날들도 계속해서 뭔가를 읽었고, 우리는 이야기하던 도중에 농담을 하기도 했다. 나는 아닐이 머릿속에 떠오르는 문장을 큰 소리로 불러줄 때 쉼표를 넣거나 더 산뜻한 형용사를 제안하는 필사생이 되길 바랐다. 하지만 그는 자기 글에 대해서는 일절 말이 없었다.

셋째 주 월요일, 그의 집에 도착했을 때 아닐은 벌써 차를 다 마신 상태였다.

"오늘은 산책부터 하지." 그가 말했다.

아닐은 버튼이 줄줄이 달린 가디건 대신 목 부위가 브이 자로 파인, 짙은 오렌지색 캐시미어 스웨터를 걸쳤다. 그것 말고는 집 안에서 입던 옷을 입었는데 간소하고도 세련된 차림이었다.

"미라도 우리랑 같이 나가나요?" 내가 물었다. 아닐을 데리고 혼자 밖으로 나가기 좀 겁이 났다. 어떤 도움을 주어야 하는지 몰랐을 뿐 아니라 얼마나 떨어져서 그를 보호해야 하는지도 몰랐다.

"미라는 여기 없네. 자네가 올 때만이라도 쉬어야지. 내가 예순둘이 될 때까지, 하루 종일 돌보는 보모 없이 잘 살아왔다고 말해도 걱정을 멈추지 않고 고집을 부려. 그러니 우리끼리 걸어보세."

나는 바로 대답하지 못했다.

"자네, 실망한 사람처럼 보이는데." 그가 말했다.

"아니, 아니에요." 나는 그럴 리가 없다고 말했다. "어느 쪽으로 가야 하나 생각하는 중이었어요."

몇 주간 쌓아두었던 갈망이 무산되어 내심 실망스러웠다. 미라와 같이 시간을 보낸 적은 거의 없지만, 그녀의 존재감까지 내 안에서 사라지진 않았다. 아침마다 미라를 만날 수 있길 바라며 집에 들어섰고, 매일 아침 실망하고 말았다. 미라가 집 안 어디엔가, 다른 방에서 혼자 조용히 일을 하고 있다고 믿고 싶었다. 내 목과 턱은 이미 큰 소리로 책을 읽는 데 익숙해져 있었고, 아닐과 보내는 시간이 즐거웠다. 그런데 미라가 닫힌 문 너머에 있으리라는 상상을 했더니 정말 그렇다고 믿게 되었다. 내가 도착하면, 아닐과 내가 충분히 세 잔씩 마실 수 있는, 방금 끓여낸 것만 같은 차가 준비되어 있었다. 그래서 나는 미라가 차만 끓여놓고 방으로 들어갔다고 여기고 있었다.

아닐과 산책을 하려고 나가기 위해 준비하다, 나는 문득 책 읽기 조수 일을 그만둬야 하는 게 아닐까 싶었다. 몇 주가 흐른 지금은 아닐 트리베디 옆에 앉아도 더 이상 스릴이 느껴지지 않았다. 내 글은 뒷전이고, 매일 아침 남이 쓴 글을 토씨 하나 빠뜨리지 않고 읽어 나가기만 했다.

아닐은 현관문 근처 작은 테이블에 놓인 거북 딱지 문양이 새겨진 짙은 웨이페어러 선글라스를 집어 들었다.

"지팡이도 필요하세요?" 내가 물었다.

"자네는 필요한가?"

그는 아무것도 의지하지 않은 채 걸어서 집을 나갔다.

아닐은 대개 혼자 걸었지만, 열다섯 걸음쯤 걸어간 후에는 내 팔을 잡고 몸의 균형을 잡은 다음 이내 처음처럼 혼자 걷 곤 했다.

"어디 가고 싶은 데라도 있어요?"

"캠퍼스 쪽으로. 여기서 그리 멀지 않잖아?"

아닐은 얼굴에 쏟아지는 햇살을 느끼려고 고개를 약간 치 켜 올리고 걸었다.

"이 동네 풍경을 좀 얘기해보게."

"양질의 아메리칸드림에 젖어 있는 특별한 곳이죠. 촉촉하 게." 내가 말했다.

우리는 최근에 외설적인 대화도 나누었다. 아닐은 캠퍼스 를 거니는 여자 학부생들과 나와 같이 수업을 듣는 여자 대학 원생들에 관한 이야기를 자세히 듣고 싶어 했다. 열 명의 학부생 이야기를 들려주면, 그중에 몇 명 정도가 요새 말로 '핫'하냐고 물었다. 그런 학생들 숫자가 많을수록 좋은 캠퍼스라고 덧붙였다. 이런 대화를 나이 든 인도 남자와 나누면서 스릴을 느꼈다. 아버지 또래의 남자와 나눌 화제로는 금기에 가까웠기에 아버지와 이런 얘길 하고 싶진 않았다.

"집들이 얼마나 좋아?" 아닐이 물었다.

"랜치 스타일 집들은 실내가 70~80평 정도로 넓어요. 다른 집들은 앞에 넓은 정원이 있고 2층이나 3층으로 되어 있죠. 그런 집들 열다섯 채 정도를 지나면 현대식으로 지은 집들이 등장하지요. 직선을 많이 사용한 상자 모양 디자인이고 회색을 사용했는데, 입구에 일본 대나무를 심어놓은 집이죠."

"그게 새로운 스타일인가?"

"젊고 유능한 학구파가 선호하는 스타일이죠."

"햇볕이 더 많기를 기대했는데, 날이 흐린가?"

"햇살은 좋은데, 오래되고 제멋대로 자란 떡갈나무 가로수 때문에 그늘이 졌네요. 차도 쪽은 햇살이 보기 좋아요."

우리는 길 건너 캠퍼스 안으로 들어가려고 대로변에 서 있었다. 대학을 빙 둘러 돌아 나오는 길에는, 그날따라 속도를 내는 차량들이 많았다. 신호등이 바뀌길 기다리며 도로가에 서 있는데 차들이 질주하듯 스쳐 지났다. 아닐은 내게 불편을 주지 않으려고 길 가장자리에 너무 바짝 붙어 서 있었다. 지나가는 차량들이 60센티미터 정도 간격으로 바짝 스쳐 지나갔다. 나는 아닐의 어깨에 막 손을 얹어 뒤쪽으로 조금 당기려다 그만두었다. 우리가 그래도 될 정도로 친밀한 사이라는 생각은 들지 않았기 때문이다. '촉촉한' 아메리칸드림에 관한 얘기도 우리가 나누기엔 좀 어울리지 않는 화제였다. 나는 신호등이 빨리 녹색으로 바뀌기만을 기다리며 서 있었다.

"더 이상 미국산 차를 안 사는구나?" 아닐이 물었다.

"엔진 소리가 다른 게 느껴지나요?"

"내가 인도에서 자랄 때는 포드하고 뷰익이 많았지."

아닐은 말을 멈추고 잠깐 청각에 신경을 집중하는 것 같았다.

"도요타, 볼보, 벤츠."

나는 아닐의 말에 빠르게 오른쪽으로 시선을 돌렸고 지나가는 차량 세 대를 봤다.

"거짓말하는 것 같지, 안 그래?"

"아니, 어떻게 아셨어요?"

"어렸을 때 내 취미였는데 이후 버릇처럼 자리 잡았지. 길에서 마냥 신호등이 바뀌길 기다리자면 지루하거든. 차가 많은 뉴욕 같은 데서는 어렵지만, 여긴 차들이 상대적으로 적으니까 특유의 엔진 소리에 귀 기울일 시간이 충분하지."

드디어 신호등이 바뀌었다. 우리는 길을 건너 동네 하나를 지나 캠퍼스 안으로 들어갔다. 아닐이 곁에 있으니 마치 비장의 에이스 패라도 주머니에 넣고 걷는 것처럼 느껴졌고, 일순간 떡갈나무숲과 표면이 거친 사암 건물, 계절에 상관없이 늘 시원한 바람이 느껴지고 중앙에 긴 옥외 통로가 있는 쿼드까지 친근하게 느껴졌다. 늘 이렇게 편안한 느낌을 받는 것은 아니었다. 캠퍼스에 처음 도착한 날, 나는 마치 성당들이 우후죽순으로 늘어서 있는 장엄한 땅에 발을 디딘 느낌이 들었다. 주변을 둘러보고, 신도석에 앉아 경이로운 마음으로 벽화도 올려다보고, 때로 예배에도 참석할 수 있었다. 이 학교를 졸업할 때까지만 참석하는 예배랄까? 평생 경배드릴 곳을 찾아야 한다면 다른 데로 가야 할 터였다. 나는 이 대학에 정정당당하게 입학했고 무한한 가능성을 느꼈다. 그럼에도 강의실을 오갈 때면 완벽한 소속감을 느끼지 못하고 겉도는 사람처럼 굴었다.

　나는 아닐과 걸어가면서 스페인풍 건물에 대해 이야기를 나누었다. 그러다 문득 이 주제에 대해 더 이상 할 얘기가 없음을 깨달았다. 무엇 때문에 스페인풍으로 지었단 말인가? 캠퍼스에는 분명히 시기도 양식도 다른 스페인풍 건축물들이 있었다. 아닐은 우리가 방금 지나쳐온 거리에 그늘을 만들어준 나무가 뭔지 물었는데, 내가 아는 나무는 떡갈나무뿐이었다. 내가 알지 못하는 다른 종류의 나무들도 여럿 있었다.

갑자기 뒤통수를 한 대 맞은 기분이었다. 내 주변의 사물들을 보고도 제대로 묘사하지 못한다면 도대체 작가가 될 자격이 있나? 사물을 세심하게 관찰하는 눈은 글쓰기의 기본이 아닌가. 건축과 식물에 대해 좀 더 관심과 호기심이 있었다면 더 상세히 알았을 것이다. 입학하고 나서 캠퍼스를 수백 번 왔다 갔다 했는데도 나는 단 한 번도 제대로 알아보지 못한 것이다.

아닐과 미라를 처음 만나고 나서 나는 대학원에 진학하길 잘했다는 생각이 들었다. 그리고 대영제국에 관한 역사서들을 뒤로 미뤄놓고 쓰고 싶은 소설 유형의 책들을 찾아 밤늦게까지 읽었다. 지금 생각해보니, 내가 결국 살아보지도 못할 한 생애를 따라가느라 시간을 허비한 셈이었다.

"여기서 잠시 쉬어가지." 아닐이 제안했다.

내가 좋아하는 작은 정원으로 아닐을 데리고 들어갔다. 아닐이 로댕의 조각상을 보면 좋겠다는 생각을 했는데, 그곳에 이르렀을 때에야 어리석은 생각이었음을 깨달았다.

"그래, 요즘 무슨 책들을 읽나?" 석조 벤치에 앉으며 아닐이 물었다.

"물론, 선생님 책이죠."

이 말을 하면서 나는 약간 창피했다. 뭔가 아부하는 듯했기 때문이다. 하지만 아닐이 알아챈다 해도 대화를 끌고 갈 만큼의 효과는 있었다.

"그래, 어떻던가?"

"아주 재밌어요."

나는 지금 읽는 책의 작가와 함께 많은 시간을 보내는 것이 무언가 특별한 경험 같아서 더욱 즐거웠다. 글은 멋지고 빛났고 유익했지만, 지금은 처음 펼쳐들 때의 느낌만큼 강렬하진 않다. 첫 책과, 아닐 자신과 여인들을 다룬 책을 제외한 나머지는 약간 감상적인 느낌이 들었다. 우스꽝스러운 인물들과 괴상한 인도 삼촌이 글에 너무 많이 등장했다. 어떤 삼촌은 중절모에 집착해 그걸 모으는 사람이고, 다른 삼촌은 피 지 우드하우스(P. G. Wodehouse: 영국 출신의 소설가—옮긴이)의 작품을 강박적으로 읽는 사람이다.

"저는 특히 『눈먼 욕망』이 좋더라고요."

"그럴 거야. 그렇다면 자네는 내가 왜 그 책을 제일 싫어하는지 알 수 있겠군."

"그렇다면, 선생님은 제가 왜 그 책을 제일 좋아하는지 알 수도 있다는 말이네요."

대화의 균형을 잡기 위해 빠르게 대답했지만, 말을 뱉자마자 나는 후회했다.

"다시 말씀드리자면, 책은 전체적으로 참 슬픈 내용인데, 슬픔을 담아내는 방식이 좋았어요. 품위가 있다고 할까요."

"내 말을 믿어도 좋아. 세상에 기품 있는 슬픔은 없다네. 다른 사람의 작품은 뭘 읽나?"

"대학 다닐 때는 대가들을 좋아했죠. 어니스트 헤밍웨이에 심취했어요. 너무 깊이 빠졌는지도 모르죠. 그리고 스콧 피츠 제럴드와 윌리엄 포크너로 건너갔죠. 레이먼드 카버에게도 빠졌고요. 지금은 언론에서 각광받는 인도 작가 작품들을 많이 읽는 중이에요."

거의 매주 인도 작가가 쓴 새 소설이 나오는 것 같았다. 나는 단지 그들이 내가 경험했던 일들을 글로 옮겼다는 이유로 좋아하는 것은 아니다. 그들이 구사하는 언어에는 재미와 아이러니 그리고 화려함이 깃든 새로운 표현이 있었다. 그런 작가들에 관한 서평과 기사들은 아닐을 거의 언급하지 않았지만, 인도 문학의 계보를 완벽하게 보여주려면 필수 항목처럼 그의 이름을 언급해야 했다.

"멋지지. 잘나가는 젊은 작가들. 하지만 나한테는 아무 쓸모가 없다네."

한물간 작가의 대열에 진입해 들어가는 사람들의 공통점에 대해 농담처럼 하는 말이 있다. 그들은 일단 젊은 작가들을 무시하는 태도를 보인다. 자신도 수년 동안 힘든 글쓰기 과정을 거쳤음에도 젊은 작가들이 대단히 실망스럽다는 표정을 짓는다. 게다가 작품을 더 이상 읽지도 않거나, 심지어 문학계의 선조라도 되는 양한다는 것이다.

"선생님에게도 많은 도움이 될 작가들이죠. 신진 작가들이 그런 작법들을 어디에서 배웠다고 생각하세요?"

"자네를 내 전기 작가로 고용해야겠군."

"진심이에요. 선생님은 그들에게 작고 하찮은 개인사가 충분히 큰 역사가 될 수 있음을 온몸으로 보여주신 분이에요. 선생님이 지난 수년간 쌓아온 공로를 충분히 인정받지 못했다는 생각이 들어요."

아닐은 내 말에 잠시 생각에 몰두하는 듯했다.

"자네가 그렇게 말해주니, 진심으로 고맙네." 그는 그렇게 말하며 내 허벅지를 가볍게 두드렸다. "자네는 역사 관련 산문만 쓰는 사람은 아닌 것 같군."

"바로 보셨어요." 내가 말했다.

"그럼 언제쯤 자네의 작품을 읽어줄 텐가?"

"아마도 그런 일은 없을 거라는 생각이 드네요."

"그런 자세가 자네를 최고의 작가로 만들어줄 걸세."

"대학 다닐 때 써둔 글 가운데 맘에 드는 게 몇 있는데, 그 후로는 흡족한 게 없네요."

"다음에 올 때 가져오지 그러나? 이제 《이코노미스트》는 물리도록 읽었어. 자네가 어떤 글을 쓰는지 궁금하네."

긴장감이 밀려왔지만, 아닐이 어떤 평을 할지 정말 궁금하기도 했다.

아닐의 집으로 돌아왔을 때, 미라가 외출에서 돌아와 거실에 앉아 있었다. 처음 잠깐 만난 이후 다시 보았는데 전혀 바뀌지 않은 모습이었다.

지난 몇 주 동안, 미라는 내 상상의 세계에서 중요한 위치를 차지하고 있었다. 나와 연인 관계로 발전할 뻔했던 대학원 동기 여자와는 정반대인 면이 많았기 때문이다. 그래서 나는 헬렌이 불쑥 떠났던 행동을 미라의 나이와 문화적 차이라는 저울에 올려놓고 생각해보게 되었다. 적어도 미라 같은 여자라면 일방적인 이별 따위는 절대 하지 않을 것 같았다.

"어디 갔었어요?" 미라가 좀 화가 난 목소리로 물었다. 걱정하고 있었는데, 아닐이 무사해서 다행스러워하는 듯했다.

"여보, 우린 그냥 좀 걸었어. 왜 이렇게 일찍 귀가한 거요?"

"내가 데리고 나갈 때까지 혼자 나가지는 말아달라고 부탁

했잖아요."

"혼자라니. 라케시가 곁에 있었어."

"그걸 내가 어떻게 알겠어요? 메모라도 남겨두고 나가든지 했어야죠."

"아침 시간에는 늘 라케시가 있잖아. 당신이 그걸 알고 있다고 생각했지."

아닐은 포옹하기 위해 미라에게 다가갔다. 소리로 위치를 감지하는 박쥐 같은 감각이 있는 사람처럼 그는 움직이는 데 아무런 불편이 없어 보였다. 테이블이 어디에 있는지 알았고 주변을 돌아갈 줄도 알았다. 미라의 목소리만 듣고 얼마나 걸어가 팔을 벌려야 할지, 10~20센티미터쯤 더 나아가 안아야 할지를 이미 다 알고 있었다. 그런데 아닐이 막 다가가는 순간, 미라가 뒤로 물러섰다.

내가 서 있는 곳에서는 아닐의 표정을 읽을 수 없었다. 수치심과 분노가 서려 있으리라. 그가 혼자 할 수 있는 일은 많았지만, 거기엔 늘 한계가 있었다. 아닐과 미라 사이에는 불문율이 있었다. 그런 한계를 언급하지 않고 이용하지도 않는다는 불문율.

"그런 걱정을 하는 일 자체가 싫어요. 내가 얼마나 당신을 걱정했는데." 미라는 자신이 방금 어떻게 행동했는지를 깨달으면서 말하는 듯했다.

"괜찮아." 아닐이 포옹을 거절당한 자리에 서서 말했다. "이제부터 메모를 남겨놓고 나갈게. 화장실을 좀 가야겠는데 메모 남겨놓고 갈까?" 그가 몇 걸음 걸어가더니 멈추며 말했다. "몇 분 안 걸릴 거야. 이따가 와서 밑을 좀 닦아줘."

"정말 불공평해요." 미라가 소리쳤다.

그날 아침의 어떤 일이나 말보다 이 한마디 때문에 아닐은 폭발하고 말았다.

"당신은 불공평하다는 말을 할 자격 없어. 부탁이야. 교외에 사는 배부른 자들의 허튼 불만을 치버(John Cheever)의 언어로 휘갈기는 거야 당신 자유지만, 무엇이 공평하고 불공평한가를 두고는 한마디도 하지 마. 제발."

"아닐, 이런 사적인 얘기는 우리 둘만 있을 때 하면 안 돼요?"

"왜? 내게 단 한 번이라도 사생활이 허용된 적이 있었나? 그런데 지금부터 내 사생활을 보호하며 살자고?"

나는 거실 한편에, 미라는 내게서 조금 떨어진 곳에 있었고, 아닐은 그보다 더 멀리 떨어진 곳에서 등을 돌리고 서 있었다. 나는 나가고 싶었지만 상황이 긴박하게 돌아가서 나갈 기회를 놓쳐버리고 말았다.

아닐은 아무 말도 없이 거실을 벗어나 화장실로 갔다.

"죄송해요. 메모라도 남겨놓았어야 했는데." 내가 미라에게 말했다.

아닐에게 향한 분노가 나에게도 쏟아지길 바랐지만, 솔직히 미라의 기분을 이해하고 싶은 마음이 더 강했다. 부부싸움을 지켜보니 그들의 일기를 몰래 훔쳐본 기분마저 들었다. 한편으로 미안했지만 둘 사이에 균열이 있음을 알게 되어 기쁘기도 했다.

"그쪽 실수가 아니죠. 저 사람은 정말 고집불통이에요. 뭐든 영원히 혼자 하려고 고집을 부렸거든요. 맨날 이렇게 안절부절못하면서 살 수는 없어요." 미라가 말했다.

미라의 눈에 눈물이 차올랐다. 무엇보다 아름다운 모습이었고, 혹시 아닐이 내가 지금 보는 모습을 자신은 전혀 볼 수 없다는 사실을 깨닫기 위해 미라를 속상하게 만들지 않았나 여겨질 정도였다. 아닐은 이미 미라가 얼마나 아름다운지 숱하게 들어왔을 것이다. 가는 곳마다 지나가는 남자들이 아닐로서는 불가능한, 순식간에 훔쳐보는 눈빛으로 그녀를 바라보았을 것이다. 그들은 과거에 만났던 여느 여자 같은 부류가 아닌, 인간 본연의 완벽한 아름다움을 발산하는 존재에게 눈길을 빼앗겼을 것이다. 아닐은 이에 대해 화를 냈어야 했다.

"미안해요. 우린 서로를 잘 알지도 못하는데, 실례를 했군요." 미라가 말했다.

미라의 눈물이 경보음 같았다. 나는 앞으로 조금 다가가 그녀의 어깨에 팔을 둘렀다. 다른 상황이었다면 미라는 뒷걸음쳤을 것이다. 그녀는 정말로 속이 상했는지 내 가슴팍에 기대오더니 고개를 어깨에 묻고 울음소리를 죽이려고 애를 썼다. 내 어깨 한쪽이 눈물에 천천히 젖어들었고 미라의 가슴 무게가 온전히 전해져왔다.

미라가 내 팔에 안긴 지 얼마 지나지 않았다. 나는 고개를 들어 그녀의 머리 너머를 바라보았는데 말없이 서 있는 아닐이 눈에 들어왔다. 나는 미라를 안고 있던 팔을 풀었다.

"그만 가봐야겠어요." 내가 말했다.

다음 날 아침, 내 소설을 복사해 백팩에 넣고는 아닐의 집으로 갔다. 그는 집에 없었다. 거실에 미라 혼자 있었다. 나는 조금 놀랐다. 이 시간이 조금 더 지속되었으면 좋겠다는 생각이 들었다. 아닐이 이런 순간을 허락한 것만 같았다.

"집으로 전화했는데, 메시지를 남기라는 녹음만 나오더군요." 미라가 말했다.

몇 년 후 응답기가 고장 날 때까지는 미라의 음성이 그대로 담겨 있을 터였다.

"아닐이 오늘 일정을 취소했어요. 센터장님과 조식 모임이 있었는데 깜박했대요." 그녀가 말했다.

"일찍 출발해서 메시지를 듣지 못하고 왔네요."

나는 문 앞에 몇 초간 서 있었다. 오늘 할 일이라고 해봐야 도서관으로 가서 작업을 하는 것뿐이었다.

"휴대전화 번호 좀 적어주세요. 그래야 다음에 헛걸음 안 하지요."

나는 종이에 전화번호를 적어주었고, 이걸 지갑에 넣는 미라를 바라보았다.

"캘리포니아 생활은 어떠세요?" 나는 그렇게 물었다. 바로 돌아가고 싶지 않았다.

"이 동네 같은 조용한 거리가 우리에게 필요해요. 뉴욕 생활도 좋았지만, 좀 쉬고 싶은 곳을 찾고 있었거든요."

미라의 말에 물음 하나가 떠올랐지만, 묻기가 두려웠다. 미라와 내가 단 둘이 있기는 처음이었다.

"뉴욕 출신이신가요?" 내가 물었다.

"뉴저지 교외요. 열 살 때 인도에서 왔어요."

"정말이요? 저는 여덟 살 때 왔어요. 그게 몇 년도예요?"

"내 나이라도 계산하려는 건가요?" 그녀가 웃으며 물었다.

숫자를 머릿속으로 계산하진 않았지만, 궁금하기는 했다. 현재 예순둘인 아닐에 비해 미라는 너무도 젊은 아내였다. 아마 30대나 40대일 것이다. 서른 살 이상이라면 모두 별 차이 없이 똑같은 고령으로 생각하던 시절이었다.

"아, 아닙니다." 나는 말을 더듬었다.

"1974년, 미국에 1974년에 왔어요." 그녀가 말했다.

나이를 따져보았다.

"더 젊다고 여겼나요, 아니면 더 많을 거라고?"

정답이 없는 것만 같았다. 더 많아 보였다는 말은 좋지 않은 것 같았다. 그렇다고 더 젊어 보인다는 표현도 매력적이진 않았다.

"아닐과는 스물여섯 살 차이예요. 너무 많이 차이가 나나요?"

그런 것 같았다. 열 살이나 열다섯 살 차이도 그렇지만, 스물여섯 살 차이라니. 미라의 소매를 걷어 올리고 이마를 어루만지는 사람이 아버지뻘 되는 사람이란 얘기가 아닌가.

"아뇨." 나는 거짓말을 했다. "두 분은 어떻게 만나신 거예요?"

"간략하게, 아니면 길고 자세하게?"

"길고 자세하게요." 나는 망설임 없이 말했다.

"좋은 대답이에요. 사람들은 속으로는 아닐에 대해 알고 싶으면서도 나에 관해 물어요."

"그러면 정말 긴 대답을 들려주세요. 처음부터요."

"그럼 잠시 앉지 그래요." 미라가 말했다.

미라가 소파에 앉았고 나는 옆에 있는 의자에 앉았다.

"그렇게 멀리 떨어져 앉지 않아도 돼요." 그녀가 내 눈을 똑바로 바라보며 말했다.

나는 미라에게 가까이 가서 앉았다. 이빨이 덜덜 떨리기 시작하는 게 느껴졌다.

"나는 의사 집안에서 컸어요. 부모님 모두 의사였죠. 뉴저지 교외의 큰 집에서 살았고요. 고등학교 때는 글을 조금 썼는데, 프린스턴 대학에 진학해서는 경제학을 공부했죠. 그쪽 분야를 좋아했거든요. 부모님도 제 결정에 행복해했지요. 부모님은 사실 딸이 좀 더 쉬운 일을 하기를 바랐어요. 인도 부모들 알죠? 대학을 졸업하고, 델리에 있는 일가붙이를 찾아 인도에 갔어요. 친척의 친구 한 사람이 금융계 경력이 있는 사람을 찾고 있다고 하더군요. 인도에 증권 바람이 막 일기 시작했을 때였지요. 그래서 그냥 거기에 머물렀어요. 시간이 흘러 세어보니, 8년이란 세월을 델리에서 보냈더군요. 너무 좋았어요. 그런데 서른이 가까워지면서 삶을 좀 바꾸어보고 싶었어요. 내겐 아주 좋은 친구들이 많았죠. 편집자, 작가들 같은. 그중 한 사람이 예술대 석사과정을 생각해보라고 제안하더라고요. 경영대는 내가 선택한 진로였지만, 예술 계통으로 가보라는 제안은 신선한 자극으로 다가왔어요.

그래서 문예창작 프로그램이 있는 좋은 대학원에 원서를 냈고, 아이오와 대학원과 컬럼비아 대학원에 합격했어요. 아이오와에 갔어야 했는데, 델리에서 아이오와까지 갈 생각을 하니 두려웠어요. 생활 터전을 옮긴다 생각하니 겁이 나던 참에 뉴욕이 중간 단계로 더 좋겠다는 생각이 들었어요."

당시엔 말하지 않았지만, 미라가 델리를 떠나려 했던 주된 이유는 이혼 때문이었다. 델리에 있는 인도 가족들에게 이혼은 보통 일이 아니었고, 남편과 화해할 방법을 모색하라는 고집스러운 말들에 지쳐 있을 때였다. 미라가 인도에 갔을 때는 단순히 2주간 머물 계획이었는데, 자기보다 몇 살 더 많은 남자와 사랑에 빠졌고 8년을 함께 살았다. 그녀는 상처만 안고 인도를 떠난 셈이었다.

"나는 늘 나이 때문에 겉돌았어요. 인도에서는 친구들 사이에서 가장 나이가 어렸죠. 컬럼비아 대학원에 다닐 때는 나이가 많은 사람들 중에 하나였어요. 대학을 졸업하자마자 대학원에 진학한 친구들이 꽤 되었거든요. 그들과 함께한 시간이 거의 없었어요. 나와 대학을 같이 다녔던 동기들은 모두 도시에서 자리를 잡았고요. 저녁이면 내 대학 동기들과 어울렸고, 낮에는 수업을 듣고 글을 썼죠.

　나는 아닐을 컬럼비아 대학원 시절 2학기 때 만났어요. 작가 낭독회 같은 데 가기를 너무 싫어했던 때였어요. 그해에는 그런 모임이 너무 많아서 정말 진저리를 쳤죠. 그런데 아닐이 온다는 얘기를 듣고는 다른 학우들과 똑같은 이유로 거길 갔어요. 나는 아닐이 마술을 부리는 모습을 보고 싶었어요. 아닐은 처음 열 장을, 한 글자도 빼놓지 않고 다 외우고 있더라고요. 나는 한동안 멍하니 듣고 있었는데, 정말 놀라운 일이었어요. 그때 처음으로 아닐에게 사랑을 느꼈을 거예요. 자신의 결함을 껴안고 나아가는 정말 남자다운 모습으로 다가왔거든요."

　십대 소년이었던 아닐이 욕실에서 목욕을 하는 모습이 갑자기 내 머리를 스치고 지나갔다.

　"아닐은 자신이 여자를 유혹하던 방식대로 나를 유혹했죠. 낭독회를 마치고 우리는 칵테일파티에서 얘기를 나눴어요. 그는 스카치위스키를 마시며 평범하게 대화를 이어가더군요. 장애 이야기는 단 한마디도 하지 않았죠. 내 작품에 관심을 표명했지요. 언젠가 읽어보고 싶다고. 학과장님이 와서 그를 데려갈 때까지 나는 아닐과 한 시간 정도 얘기를 나눴어요.

다음 날 아닐은 과 사무실을 통해 연락을 해왔고 우린 그후로 단 하룻밤도 떨어져 지내지 않았어요. 항상 행복했어요."

"그런데 왜 뉴욕을 떠나 쉬고 싶었어요?"

미라가 뭔가 더 깊은 이야기를 풀어내려고 길게 서두를 꺼낸 듯해서 질문을 던져주었다. 이유가 몹시 궁금했다.

그녀는 잠시 말이 없었다. "당신이란 사람은 대체 누구죠? 쉽게 말문을 열고 비밀을 털어놓게 하는 재주가 있는 사람이군요."

나는 어깨를 으쓱했다. 재주가 있다고 말해주니 기분이 좋았다.

"상투적인 일이에요. 아닐이 글쓰기를 힘들어했어요. 문제가 많았죠. 그걸 해소하려고 당신처럼 준수한 외모의 예쁜 여자들과 자더군요. 그런 일이 벌어질 줄 알면서도 흘러가는 대로 내버려뒀어요. 그리고 나서 여기 온 거예요. 뉴욕 생활을 접고 쉬기 위해."

"당신을 두고 바람을 피우다니, 어리석군요. 직접 보진 않았지만 매력이라곤 털끝만치도 없었을 여자들일 텐데."

나는 자신이 무슨 소리를 하는지도 모르고 한바탕 쏟아내고 말았다. 나도 모르게 뱉어낸 말에 미라가 화를 내면 어쩌나 싶어 돌연 긴장이 되었다.

"그래요. 당연히 못 봤겠지요." 내 입에서 흘러나온 말을 그 제야 알아들은 사람처럼 미라는 조금 웃으며 말했다.

미라가 웃자 나도 따라 웃었다. 그녀는 조금 더 웃더니 이 내 더 크게 웃었고, 갑자기 터져 나오는 웃음을 주체할 수 없 는 사람처럼 아주 큰 소리로 웃음을 터트렸다.

"정말 죄송해요, 별 뜻 없이 한 말이었어요." 내가 말했다.

미라가 일어나 주방 쪽으로 가더니 유리잔 두 개에 물을 담 아 들고 웃음기 없는 모습으로 돌아왔다.

"아닐을 비웃은 게 아니라는 점은 알아췄으면 해요. 재밌거 나, 댁이 뱉은 말이 엉뚱해서도 아니에요. 그냥 웃음을 터트 릴 기회가 필요했을 뿐이에요. 조금 가벼워지고 싶었어요. 어 제 일로 마음이 무거웠거든요." 그녀가 말했다.

"정말 죄송합니다." 내가 말했다.

"아니, 아니에요. 내가 감사해야 할 일이지요. 내 기분을 완 전히 바꿔줬으니까요."

미라가 유리잔을 내밀며 물었다. "아침 시간에, 둘이 뭔가 쓰기도 했나요?"

"그런 제안을 하길 기다리고 있어요. 그냥 읽기만 해요. 저 는 선생님이 오후에 당신과 함께 뭔가 쓰리라고 짐작했어요."

미라가 고개를 흔들며 아니라고 했다. "우리가 만나기 전에 기획했던 작품은 완성했는데 새 작품은 더 이상 쓰질 않네요. 왜 그럴까, 이유를 점점 나랑 연관 지어 생각하게 돼요. 만약에 조만간 집필을 하지 않으면, 아닐이 뭘 할지 모르겠어요. 나와 글쓰기, 둘 중 하나를 선택해야 한다면 어떤 결정을 내릴지 모르겠다는 말이에요. 둘 가운데 하나가 없으면 아닐은 행복하지 않아요."

굉장히 중요한 정보를 얻은 기분이 들었지만, 나는 이걸 어떻게 받아들여 어떻게 해야 할지를 몰랐다.

"그쪽도 작가인가요?" 미라가 물었다.

"작가가 되고 싶어요. 여기저기 써놓은 글은 많아요. 아닐은 엄청나게 많은 책을 펴냈는데 저로선 상상도 못할 일이에요."

"시간이 걸리는 일이에요. 그쪽보다 훨씬 오래 산 분이니까 가능했죠. 당신도 언젠가 그렇게 될 거예요."

나는 사회에서 알게 된 사람들을 만날 때면 얼마간 시간이 흐른 뒤 자연스레 자리를 털고 일어서는 경향이 있었다. 너무 오랫동안 질질 끌며 서성거리는 사람으로 보이기 싫었기 때문이다. 하지만 그날은 달랐다. 본능처럼 자리를 털고 일어서려는 버릇을 무시하고 있었다.

"전에 아닐의 책을 좀 읽었어요. 그런데 『눈먼 욕망』 같은 책을 그가 썼으리란 생각은 조금도 못했어요."

미라가 웃었다. "그 작고 야한 책을 읽었나요?"

섹스와 연관된 표현이 불쑥 튀어나오면 나는 언제나 몸이 경직되었고 오슬오슬 한기를 느꼈다.

"솔직히, 절 꼼짝 못하게 만들었어요."

"그랬을 거예요." 그녀가 내 눈을 깊숙이 들여다보며 입가에 약간 미소를 머금은 채 말했다.

겨울 휴가

어머니가 추수감사절을 맞기 전 일요일에 전화했을 때 나는 지난 6개월간 어머니 목소리를 들어본 적이 없을 뿐 아니라 2년간 서로 얼굴조차 못 봤다는 사실을 깨달았다. 부모님은 지난 몇 년간 각자 잘 지내왔지만, 나는 우리 가족이 부부의 별거를 자연스럽게 받아들일 능력까지는 없다고 여기고 있었다.

"여기 샌프란시스코야." 어머니 목소리는 호들갑스러웠는데, 친밀감을 표하고 싶지 않을 때는 그렇게 말하곤 했다. "바바도 같이 왔어. 후원자들을 만나고 연설도 하려고. 넌 그분을 꼭 만나야 해. 그분도 널 만나길 원하신단다."

어머니가 전화에 대고 굳이 바바를 '그분'이라고 강조하는 소리를 듣고 있자니 짜증이 일었다.

부모님은 서류상 부부였고 완전히 남남으로 살고 있었다. 아버지는 뉴욕에서 1년 계약직으로 일하고 있었는데, 회사가 마련해준 원룸에 살면서 회계 업무를 하고 있었다. 언젠가 찾아가 봐야지, 하고 마음먹을 때마다 나는 아버지의 긴 하루 일과를 상상했다. 일을 마치고 작은 원룸으로 돌아와 침대에 누워 혼자 저녁 식사 대신 통밀로 만든 시리얼을 먹고 있는 모습을……

"수요일 날 아파트에서 점심 같이 먹자, 꼭 오렴."

어머니가 말한 아파트는 내가 초등학교에 다닐 때부터 가족들이 함께 살았던 집이었다. 대출이 많지 않아 그냥 비워두었는데 아직 부모님 명의로 남아 있었다. 아버지는 집을 팔지도 않고 세를 주지도 않았다. 빈집으로 남겨두면 어떤 식으로든 결혼이라는 끈이 이어진다고 생각하는 것만 같았다. 나는 돈을 절약하고 싶어서 그 아파트에 살면서 통학을 해볼까, 생각한 적도 있었지만 집에서 멀리 떨어져 살고 싶어서 그러지 않았다.

어머니의 점심 초대를 거절할 수 없었고 혼자 가서 점심을 먹기도 곤혹스러웠다.

"정말 철없는 소리로 들릴지 모르겠지만, 우리 어머니 만나는데 같이 가주면 안 될까요?" 나는 미라에게 물었다.

미라가 재미있다는 듯이 씩 웃었다. 나는 내 상황을 설명했다.

미라가 내 어깨에 기댄 채 울음을 터트린 후에 나는 아닐을 위해 신문을 읽어주는 일도 끝장났다고 생각했었다. 그런데 3주가 흘렀는데도 오히려 아닐과 미라와 더 많은 시간을 보내게 되었다. 아닐이 고집을 부린 탓이었다.

우리는 평소처럼 아침 시간을 함께 보냈고, 나는 강의 시간에 맞춰 학교로 갔다. 일주일에 몇 번씩은 저녁을 함께하기 위해 다시 들르기도 했다. 가끔은 아닐이 파자마로 갈아입는 것까지 본 후에 그의 집을 나왔다. 아아! 미라는 언제나 흐트러짐 없는 모습으로 남아 있었다. 아닐은 내가 자기 주변에 오래 머무는 걸 좋아했다. 나는 아닐이 나를 젊은 날의 자신 같은 사람으로 여겨주길 바랐다. 우리는 책에 대한 얘기도 나누었다. 아닐은 야구가 크리켓보다 더 복잡한 운동이라며 나를 설득했고, 나는 미라와 아닐에게 학교에서 있었던 일을 들려주기도 했다. 여전히 글을 쓰진 않았고, 커피 테이블에 가득 쌓인 신문과 잡지들 옆에 역사와 정치에 관한 읽을거리가 더해졌다. 내가 쓴 소설도 거기에 놓여 있었다. 나는 아닐이

내 소설을 언급하길 기다렸고 원한다면 바로 읽어줄 준비가
되어 있었다.

아닐은 나와 미라가 함께할 시간을 마련해주기도 했다. 필
요하지도 않은 물건을 미라에게 가서 가져오라고 하거나, 그
녀에게 간단한 인도 음식 요리법을 가르치라고 제안하기도
했다. 무척이나 덥고 긴 밤에 미라와 나는 사모사(감자, 완두,
다진 고기 등에 향신료로 간을 한 다음 이걸 페이스트리 반죽으로 만든
피 속에 넣고 튀겨낸 인도 요리—옮긴이)를 시험 삼아 만들어보았
다. 믿을 수 없게도, 평소에 싫어했던 밀, 감자, 완두콩을 어느
때보다 맛있게 먹었다.

"우리 가족은 이제 더 이상 함께 살지 않아요. 어머니를 혼
자 보러 가고 싶은 마음도 없고요. 우리 셋이 함께 가면 어떨
까요?"내가 말했다.

솔직히 미라와 둘이 가고 싶었지만, 그렇게 제안할 수는 없
었다.

"아닐에게 말해볼게요. 무슨 방안이 있겠지요."

어느 수요일, 우리 셋은 내 토러스에 함께 탔다. 구식 차라
조금 창피했지만 그래도 아버지가 워낙 완벽하게 관리해서
깔끔했다. 어릴 때 아버지는 차 안에서 음식 먹는 행위를 엄
격하게 금해서 짜증이 났는데 이제는 아버지의 꼼꼼함에 고

마운 마음이 들었다.

아닐이 곧장 뒷좌석에 올라탔다.

"왜 앞에 앉지 그러세요?"

"당연히 뒷자리가 편할 거예요." 미라가 웃으며 말했다. 그녀가 손을 뒷좌석으로 뻗으며 아닐의 다리를 간질였다. "기사를 두고 뒷좌석에 앉아버릇하며 컸는데 이제 와 그만둘 이유가 없지요?"

"뒷자리가 편해. 자네도 익숙해질 거야." 아닐이 말했다.

나와 미라는 앞에, 아닐은 뒤에 앉아서 출발했다. 나는 주위를 살피며 고속도로를 향해 달렸다.

아닐은 외출이 즐거운 모양이었다. 사촌―그를 미국으로 데려온 삼촌의 아들―집에 들를 참이라 그를 먼저 내려주고 점심 식사 후에 데리러 갈 계획이었다.

약 10분간 운전을 하다가, 정말 조심조심 도로를 살피며 차를 몰아야겠다는 생각이 그제야 들었다. 다가오는 차량에 치여 아닐 트리베디가 즉사했을 때 운전자가 나였다는 식의 기억을 남기고 싶은 마음은 추호도 없었다.

"미라가 그러는데 자네 어머니가 슬립(Sleep) 바바의 추종자라며?"

"추종자는 아니에요. 그분의 사상을 좋아할 따름이에요."

좋은 어머니의 자격은 없는 분이지만 나는 어머니를 두둔하고 싶어서 그렇게 대답했다.

어머니는 인도 남부 외진 산골에 있는 아쉬람(힌두교도들이 수행하며 거주하는 곳―옮긴이)에서 2년간 살았는데, 샌프란시스코에서 슬립 바바의 연설을 처음 들었다. 그러고는 2주 후에, 짐을 싸고 왕복 티켓을 끊더니 곧 돌아올 거라는 말을 남기고 떠났다. 아버지와 나는 그냥 지켜보았는데, 어머니가 돌아올 거라는 말이 거짓임을 이미 알고 있었다. 우리 부모님은 몇 년간 거의 이렇다 할 대화 없이 지냈고, 나도 두 분이 함께 집에 있으면 자리를 피해버렸다. 오랜 침묵과 침묵 사이에 겨우 몇 마디 단어들이 오가는 분위기를 참아내기 힘들었다. 어머니가 결국 떠나자 그제야 시원한 공기가 아파트 안으로 밀려 들어오는 것만 같았다.

인도 언론들은 바바에게 "슬립 바바"라는 호칭을 만들어줬다. 다른 이들이 영적 깨침을 위해 다양한 방법들―포옹, 섹스, 돈, 명상―을 제시하는 반면, 슬립 바바는 아기처럼 잠을 오래 자라고만 말했다. 그는 인간이 감각적 자극에 너무 많이 노출돼 있다고 믿었고, 이를 본래대로 되돌리는 유일한 방법은, 슬립 바바가 자주 한 말을 빌리자면 "아이였을 때로 돌아가라"였다. 밤에 열두 시간을 자고, 남은 열두 시간에서 두 시간 동안 낮잠을 자라고 했다. 만약에 우리 어머니를 데려가지만 않았다면, 나는 자본주의가 요구하는 것들에 대놓고 엿을 먹이는 슬립 바바의 발상에 높은 점수를 쳤을 것이다.

그렇다, 어머니는 그의 추종자이고 또 한편 이단자라고 할 수 있다. 그런데 어머니를 그렇게 부르고 싶은 사람이 어디 있겠는가.

"그래 어머니와 아버지께 무슨 사연이 있는가?" 아닐이 물었다. "부모님에 관한 얘기는 별로 듣지 못했네. 그러고 보니, 자네 가족 얘기는 한마디도 안 했다는 생각이 드네."

"할 얘기가 별로 없어요."

"아니야, 뭔가 할 얘기는 늘 있어." 아닐이 말했다.

"이혼했는데 이혼을 하지 않았어요." 이렇게 말하는데, 복통이 생기는 것만 같았다. "선생님 부모님은 아직 살아 계신가요?"

그는 머리를 가로저으며 아니라고 했다. "우리 아버지는 일찍, 내가 첫 책을 내자마자 돌아가셨어. 어머니는 몇 년 더 사셨고. 부모님 생각이 많이 나지만 나는 그분들 품에서 비교적 일찍 벗어났지."

나는 미라의 부모님 이야기를 들으려고 그녀를 향해 고개를 돌렸다.

"미라가 멋쩍은 얼굴을 하고 있네. 부모님이 완벽한 결혼생활을 했거든. 두 분은 열여덟 살 때 만났는데, 내가 알기로 단 하룻밤도 서로 떨어져 지낸 적이 없었다네."

미라가 아닐의 말에 어깨를 으쓱했다. "그분들은 운이 좋았어요. 내가 행운아죠."

이후 그녀는 몇 분간 자신만의 감정으로 빠져든 사람처럼 보였다. 노란빛 언덕이 휙휙 지나가는 창밖 풍경에 눈길을 두고 있었다.

"제가 미라와 함께 간다고 언짢게 생각하지 마셨으면 해요. 완충제가 필요하거든요." 나는 침묵을 깨고 아닐에게 말했다.

"신경 쓰지 말게. 미라는 완벽한 완충제 역할을 할 걸세."

우리는 노 벨리에 있는 거대한 빅토리아풍 저택 앞에 아닐을 내려주었다. 나는 미라가 아닐을 데리고 현관 앞까지 걸어가 아닐의 사촌과 인사를 주고받은 다음 돌아올 때까지 차 안에서 기다렸다.

"틀림없이 동성애자 같았어." 내가 시동을 걸고 차를 움직였을 때 미라가 흥분해서 말했다. 기분이 좋아 보였다.

"몰랐어요?"

"오늘 처음 만났어요. 아닐도 그를 수년간 만나지 못했을 거예요. 최소한 아닐이 글을 쓰는 데 시동을 걸어줄 인물처럼 보여요. 트리베디 가족의 대하소설에서 한몫할 인물 같았어요. 아닐은 왜 게이 같은 사람이 자기네 집안에 없을까 늘 궁금해했거든요. 통계상으로 말이 안 되거든요. 이따 집으로 가는 길에 아닐이 받아 적으라며 무슨 얘기라도 할 것 같아요."

차는 도시를 가로질러 예전에 살던 동네를 향해 달렸다. 나는 더는 긴장을 느끼지 못할 정도로 미라와 충분한 시간을 보냈다. 그제야 나는 그녀와 함께하는 나만의 시간을 즐기고 있었던 것이다.

동네에 가까이 갈수록 안개가 자욱하고 더 추워졌다. 우리는 세심하게 계획되었을 뿐 아니라 최신 유행에 정통한 분위기가 느껴지는 샌프란시스코 거리를 통과했다. 오래된 멕시코 식당들 사이에 자리 잡은 날렵한 실외 인테리어가 돋보이는 바들, 가게 뒤편에 있는 낡은 싱거 재봉틀 위에 고급 디자이너 의상이 놓여 있는 미니멀한 부티크 숍, 수요일 아침이면 손님들이 길게 줄을 서는 브런치 가게들. 이런 분위기가 내가 예전에 살던 동네까지 이어지지는 않았다. 선셋 외곽에 들어서자 차이가 더 확연했다. 술집들은 일찍 문을 열고 늦게 닫았으며, 손님들은 자리만 차지하고 오래 머물며 싸구려 맥주만 마시고 있었다. 거리는 깨끗하고 질서정연했지만, 집들의 외관은 초라하게 변해 있었다. 동베를린 같은 느낌을 풍기는 샌프란시스코였다. 우리가 살던 아파트는 구석진 데 있는 좁고 기름한 3층짜리 건물이었다. 우리는 꼭대기 층에 살았다.

인터폰을 누르자 건물 현관문이 열렸다. 잠시 후 어머니가 3층 아파트 문을 열어주었다.

"아, 아직 열쇠를 갖고 있다는 걸 깜박했네." 내가 소리쳤다.

집에 발을 디디고 들어서는 순간 돌연 수치심이 일었다. 이 아파트에는 거실과 주방 그리고 작은 방 두 개와 화장실이 하나 있었다. 아무리 크게 잡아도 17평을 넘지 않을 터였다. 어머니는 바람이 잘 통하라고 창을 활짝 열고 커튼을 젖혀놓고 있었다. 우리는 아무리 추워도 아파트가 조금 넓은 느낌이 들도록 창을 활짝 열어놓고 살았다. 열기가 확실히 공간을 더 좁게 느끼도록 했다. 바닥에는 듀리(동남아시아 산 묵직한 면직 바닥 깔개—옮긴이)가 깔려 있었고, 벽은 무굴제국풍의 소형 조각품들로 조잡하게 장식되어 있었으며, 몇 년 전에 제이시페니(미국 서민들이 주로 이용하는 백화점 이름—옮긴이)에서 구입한 소파와 안락의자는 너덜너덜해져 있었다. 누추함을 가릴 만한 물건이 전혀 없었다. 아, 뭐하러 미라를 여기까지 데려왔을까. 그녀가 들려주었던 뉴저지의 유년 시절과 델리와 뉴욕의 삶은 샌프란시코 끝자락에 자리 잡은 우리집, 안개 자욱하고 빛도 잘 안 드는 작은 아파트와는 한참 거리가 멀어 보였다.

그런데 어머니의 모습을 보고는 그런 걱정을 한쪽으로 미뤄두었다.

결혼하기 전에 찍은 사진 속 어머니의 모습은 미인이라기보다는 갸름한 얼굴이 예쁘고 조화로워 보였다. 시간이 흐를수록 이런 얼굴은 사라졌고 표정이 굳어져서 딴사람으로 변해버렸다. 사진을 찍어도 좀처럼 웃지 않았고 입술로는 시무룩한 표정을 지었다.

그런데 내 앞에 서 있는 어머니는 예전 사진 속 여자하고는 완전히 다른 여자였다. 훨씬 더 젊어 보였다. 지난번에 마지막으로 봤을 때는 머리가 희끗희끗했는데 그것도 사라졌다. 염색한 게 아니라면, 맘 편히 살고 있다는 뜻이다. 슬럽 바바의 사업이 돈이 꽤 되는 모양이었다. 바바가 이미 예상한 일이었으리라.

그런데 어머니는 젊음이 돌아왔을 뿐만 아니라 얼굴에 기쁨이 서려 있었다. 뺨은 둥그레졌고 양미간은 부드러워졌으며 나를 보게 되어 기쁜지 환하게 웃고 있었다.

"잘 계셨어요, 어머니." 내가 말했다.

"와서 조으치? 그래, 어찌 지냈냐, 내 아들?"

어머니 목소리는 항상 이렇게 놀라움을 자아내는 기술이 있었다. 어떤 때는 아득하게 들리다 사라지고 또 어떤 때는 마치 들종다리처럼 부드러운 리듬감에 친밀감과 애정까지 듬뿍 담겨 있어 내가 세상의 풍파로부터 완벽하게 보호받고 있다는 착각을 불러일으킬 정도였다. 나는 어머니가 평소의 어투가 담긴 두 번째 버전으로 말하길 바랐지만, 더 큰 주파수를 퍼뜨리며 귀에 들어오는 첫 마디는 늘 전자였다. 그럼에도 어머니를 보게 되어 마냥 기뻤다. 보고 싶었다.

"이분은 친구, 미라 트리베디예요. 요즘 내가 이분의 남편 일을 돕고 있어요."

"어서 와요, 미라." 어머니는 변함없이 우아했고 이렇게 말하는 순간 얼굴이 환해지는 것만 같았다. 행복하지 않을 때도 어머니는 초대한 손님들을 위해 언제나 옷매무새를 가다듬고 만족스러운 표정을 지어 보였다. 사교 모임이 있을 때는 색감이 진하고 엄숙해 보이는 고급 사리를 주로 걸쳤다. 그런데 오늘은 옅은 흰색 바탕에 테두리가 짙은, 잘 다려지고 색깔이 좀 더 연한 사리를 걸치고 있었다. 목에는 금목걸이가, 귀에는 평소처럼 다이아몬드 귀걸이가 달려 있었다. 매력적인 모습이었다.

"바바, 내 아들, 라케시가 왔어요." 어머니가 말했다.

나는 바바가 많은 수행원을 이끌고 자신감에 충만한 영적 지도자 같은 모습을 하고 있으리라 짐작했다. 그런데 잠시 서서 인사를 나누며 살펴보니 긴 오렌지색 법복을 제외하면 너무도 평범해 보이는 사람이었다. 흐트러짐 없고 단단해 보이는, 누가 봐도 자신을 잘 관리했다는 느낌을 풍기는 60대 초반의 남자였다. 비록 헐렁한 법복을 걸치고 있지만, 군살 없이 갸름한 얼굴을 보아 하니 몸도 단단한 근육질일 것만 같았다. 바바가 법복을 벗고 일상복을 입은 모습을 상상했다. 햇볕에 알맞게 그을린 얼굴로 최신형 은색 박스터를 몰고 산타모니카 주변을 드라이브하는, 할리우드에서 성공한 프로듀서라고 해도 믿을 법한 느낌을 줄 것이다.

나는 네 명이나 대여섯 명이 점심을 함께할 거라고 예상했지만, 우리뿐이었다. 미라와 함께 와서 다행이었다.

"앉게나." 바바는 우리가 들어섰을 때 앉아 있던 베이지색 소파의 옆자리를 손으로 툭툭 치며 말했다. "내 옆에 앉게나."

아마도 이런 대접은 수백 수천 명이 목숨이라도 내놓고 받고 싶어 했을 것이다. 그런데도 나는 이 사람이 내 아버지 소파의 한 자리를 차지하고 앉아 있어서 약간 속상했다.

인정하고 싶지는 않았지만, 나는 실내를 꽉 채우는, 절이나 교회 분위기와 별반 다르지 않은 차분하고도 생기 넘치는 따뜻한 기운을 온몸으로 느끼고 있었다.

"어머님이, 자네가 대학원을 다니며 역사를 공부한다더군.

참 흐뭇했네."

부모님 지인들 가운데 내 대학원 진학을 긍정적으로 평가해준 사람은 처음 보았다.

"영국 사람들이 즐겨 말하듯이 좀 우스꽝스럽게 표현하자면, 나도 한때 옥스퍼드 대학에서 역사책을 좀 읽었지." 바바가 말했다. 그는 다음 말을 생각하느라 잠시 말을 멈췄다. "예전에 좀 가르치기도 했고. 내 본명이 시테시 다스라네."

나는 그를 똑바로 쳐다봤다. "정말이세요?"

그는 법석 떨 일도 아니라는 듯 순순히, 고개를 끄덕이며 그렇다고 했다. 마치 나와 어떤 연결점이라도 만들어보려고 그런 정보를 흘리는 것만 같았다. "지금과는 완전히 다른 삶을 살았어."

시테시 다스의 첫 책은 1857년에 발생한 무티니 항쟁에 관한 저서인데 예전에 본인이 부르짖던 내용이 고스란히 담겨 있었다. 그때 이후 시테시는 뛰어난 저서 하나만을 가지고도 이 대학 저 대학을 오가고 많은 급여를 받아가며 유명 강연자로 평생을 살아갈 수도 있었다. 그런데도 첫 책을 출간하고 5년 후에는 19세기 인도의 농민운동사를 담은 얇은 책을 출간했고, 이 책은 숱한 역사적 논쟁에 영향을 끼쳤다. 비단 인도의 역사뿐 아니라 사회 전체에 경종을 울리며 대단한 반향을 불러일으켰다. 누구든 소작인들에게 분개해 아무 말이나 지껄이고 싶어도 먼저 그의 사상을 제대로 반박할 수 있어야 입을 열 엄두를 낼 정도였다. 시테시는 예전에 중요한 사람이었고, 지금은 유명한 사람이었다. J. D. 샐린저의 성향이 가미된, 대중들이 환호하는 로커 믹 제거 같은 존재였다. 그런데 어찌된 일인지 대단한 책 두 권을 내고 갑자기 사라졌다.

어느 날 오후 시테시는 책으로 가득 찬 컬럼비아 대학에 있는 연구실을 홀연히 떠나 다시는 돌아오지 않았다. 책상에는 다음 날 강의할 내용들이 적힌 노트가 간디의 자서전 위에 놓여 있었고 아내와 두 아이들은 집에 있었다. 시테시가 미쳐서 조용히 정신병동으로 보내졌다는 소문이 솔솔 흘러나왔다.

"이해가 안 돼요. 선생님을 알아보는 사람이 아무도 없었나요?"

"다시 태어났다고 여기고 싶었어. 사람들이 못 알아볼 정도로 몸무게도 많이 빠졌고."

"왜 그렇게 갑자기 학교를 관두시고 사라지셨어요?"

"한계를 알았던 거지. 내가 해야 할 다른 일들도 있었고. 난 운 좋게도 성공했고, 어딘가로 떠나는 게 큰일은 아니잖나."

바바의 말에 어떻게 반응해야 할지 몰랐다. 지금 생각해보니 내 아버지에게 빈정거린 말로 들었던 듯하다.

"10년은 잘 흘러갔지. 두루 여행을 했고, 일본에서 스님들과 시간을 보냈고, 자바에서 서핑을 하면서 좋은 삶을 이루는 요소는 뭘까를 깊이 생각했다네. 학생들을 가르치거나 책을 쓰면서는 적절한 답을 찾을 수가 없었네. 오해는 말게. 학계에 몸담는 것은 좋은 일이지. 다만 내게 맞지 않을 뿐이야."

어머니와 미라는 잠자코 우리 대화를 듣고 있었다. 다른 때라면 두 사람은 대화를 나누고 있었을 터인데, 바바가 말하는 동안에는 경청하는 습관이 어머니의 몸에 밴 것 같았다. 내가 재빨리 쳐다보자 미라는 따뜻한 미소를 지어 보였다. 가부장적 전통에 길들여진 여자는 아니지만, 미라는 아닐과 남자 친구들이 대화할 때 묵묵히 듣고 있던 습관에 익숙해져 있는 것 같았다.

"그래, 학교는 어떠니?" 우리의 대화가 잠시 중단되었을 때 어머니가 물었다. "다 잘되고 있니?"

"좋아요. 학부 때보다 힘들지만, 정말 좋아요."

"무슨 과목을 수강하나?" 바바가 물었다.

내가 대답하자 바바는 내가 읽은 책들에 관해 물었다. 우리는 잠시 책 얘기를 했다. 그는 소나기처럼 질문을 던지더니 잠시 후 물러나 침묵을 지켰다. 확신에 차서 그간의 삶을 포기했던 예전 결정이 옳았음을 다시 확인하는 사람처럼 보였다.

"돌아와서 강의해주세요. 학교에서도 대환영일 거예요." 내가 말했다.

"아마 지금 내가 하고 싶은 말을 들으면 그들이 좋아하지 않을걸."

바바가 우리 아파트에 있는 것은 싫었지만, 잊혔던 시테시 다스를 다시 끄집어낸 바바와 함께 있다는 사실은 맘에 들었다.

"강의도 듣고, 미라의 남편분을 위해 일하고 있어요." 나는 어머니를 향해 고개를 돌리며 말했다.

"성이 뭐죠?" 바바가 미라에게 물었다.

"트리베디예요."

"그럼, 아닐의 아내 되십니까?"

미라는 고개를 끄덕이며 그렇다고 했다.

"내가 안부를 묻더라고 전해주세요. 수년 전에 만난 적이 있어요. 영국이 인도에 미친 영향을 두고 격하지 않은 정도의 의견 차이가 있었어요. 아닐은 나보다 훨씬 긍정적으로 보았어요."

"그가 긍정적이라고는 생각하지 않아요, 객관적으로 보았을 뿐이죠." 미라가 말했다.

시테시 다스라면 '객관적'이라는 표현을 두고 당연히 혹평을 날렸을 텐데, 바바는 그냥 귓등으로 흘렸다.

어머니는 일어서서 주방으로 들어갔다 얼마 후에 다시 나왔다.

"음식이 따뜻할 때 먹읍시다. 바바, 어서요." 어머니가 말했다.

어머니가 준비한 점심이었다. 오랫동안 함께 지낸 커플들은 관계가 악화되면 한 가지 문제에 갈등이 압축되어 드러난다. 내 부모님의 경우 음식이었다. 어머니가 너무 기름지게 조리를 해서 아버지가 참지 못할 정도였다. 그날 우리가 함께 한 점심은 기름기가 거의 없었고 야채는 많고 탄수화물이 적었다.

식사하는 동안 나는 바바가 잠을 많이 잘수록 어떤 점이 좋은지를 늘어놓고 우리는 마냥 듣기만 할 거라고 짐작했었다. 그런데 실제 우리가 나눈 대화 주제들은 인도와 파키스탄 사이의 갈등, 이스라엘 군대에 대한 찬사, 민주주의국가 인도에 비해 사회주의국가 중국이 나은 점, 빌 클린턴이 여자를 밝히는 것에 따르는 문제 등이었다.

"클린턴이 날 만나러 오면, 내가 고쳐줄 수 있는데." 바바가 웃으며 말했다. 여성 편력이라는 취향을 잠으로 치유한다는 이론이 말이 안 된다는 사실을 알면서도 클린턴의 성욕만은 고칠 수 있다고 확신하는 듯했다.

바바에게 호감 따윈 갖지 말기로 마음먹고 집에 왔더랬다. 어머니와 그가 단 둘이 아파트에 있는 꼴을 봤을 때도, 내심 둘의 관계에 대해 이상한 상상은 하려 들지도 않았다. 그런데 경계심이 천천히 풀리고 있었다. 폭넓게 대화를 이어나가는 바바를 보니 긴 수면 시간이 자의식을 무디게 할 만큼 영향을 미치지도 않은 것 같았다.

"우리 같은 사람들 가운데 마법 같은 치유법으로 사람들을 현혹해 돈을 벌려고 했던 사람들이 많았다는 것도 알고 있네. 그런데 이 방법은 진짜 효과가 있어. 적어도 충분한 휴식을 맛볼 수 있지, 그게 중요해. 디팩 초프라(1946년 인도에서 출생한 의사이며 작가. 고대 인도의 전통 치유 과학인 아유르베다와 현대 의학을 접목하여 '심신의학(Mind-body Medicine)'이라는 독특한 분야를 창안해 미국과 유럽 사회에 열풍을 불러일으켰다—옮긴이)를 만난 적이 있지. 초프라는 의사로는 훌륭할지 모르지만, 어리석은 사람일 뿐이야."

나는 한동안 대화에 관심을 두지 않고 신선한 레몬즙을 듬뿍 넣어 식욕을 자극하는 어머니의 주특기인 콩 요리를 먹으면서 그냥 앉아 있었다. 어머니의 음식을 맛본 지가 꽤 되었다. 뜬금없이 언젠가 어머니가 죽는다면 내 유년의 기억과 직접 맞닿아 있는 이 맛도 사라질 거라는 생각이 들었다. 갑자기 슬픈 생각이 치밀었고 내가 하는 일 등에 대해 어머니와 많은 대화를 나눠야겠다는 생각이 들었다. 아버지가 멀리 떨어져 있으니 더 자유롭게 어머니와 말할 수 있을 것이다.

내가 다시 대화에 집중했을 때 어찌된 영문인지 우리는 아이들에 관한 이야기를 나누게 되었다. 미라가 물었다. "그럼 부모가 자식들에게 무슨 빚을 졌나요?"

"두말할 것도 없이, 빚은 없죠." 바바가 대답했다. 억제돼 있는 전지전능한 느낌을 주는 어조가 마치 예수가 말하는 것 같은 효과를 발휘했다. "글쎄, 대답이 좀 과장되었네요. 부모는 자식을 먹이고, 쉴 곳을 주고, 하려는 일에 필요한 것들을 마련해주지요. 나쁜 데로 빠지지 않게 하고요. 미국인들의 삶의 방식에 동의하는 한 가지는 아이들이 특정한 나이가 되면 지원을 끊는다는 거지요. 동양인의 삶에서 정말 동의할 수 없는 점은 아이들이 부모에게 은혜의 빚을 짊어지고 있다는 거예요. 자신들을 이끌어준 것에 대한 빚이지요. 그런데 솔직히 그들이 부모에게 진 빚이라고는 예의와 호의 말고는 없어요. 서양 정신의학은 부모와 자식들의 관계를 유년 시절까지 다 파헤쳐 들여다보길 좋아하지요. 부모가 자식들을 망쳤다고 믿는 거죠. 틀린 말이에요. 아이들은 스스로 망가진 거예요. 그래서 아이 같은 잠을 권하는 거죠. 어쩌다 준비 없이 성인이 되었음을 스스로 받아들이고 아이였을 때로 돌아갈 필요가 있어요."

바바가 이끄는 대로 이야기에 빨려 들어가고 싶은 마음은 없었는데, 그는 내게 좀 민감한 부분까지 건드리고 말았다. 어머니는 자식인 나에게는 여전히 내 어머니이고, 내 아버지에게는 아내라는 빚을 지고 있다고 나는 느끼고 있었다.

"시테시 선생님. 자녀분 있죠, 그렇죠?"

"있지."

"그러면, 부모와 자식의 관계는 말씀하신 것보다 좀 더 복잡하다는 걸 아실 텐데요."

"네 말은 맞기도 하고 틀리기도 해. 특정한 시기가 지나면 인간은 자신을 책임져야 해. 부모는 자신의 삶을 살아야 하고 자식들도 마찬가지지. 그리고 누구에게나 약간의 관용은 필요하고." 어머니가 말했다.

나는 어머니를 쳐다보았다. 아버지와 다툴 때처럼 날카로운 코끝이 반짝거렸던 모습과 예전처럼 대화에 등을 돌리는 태도를 보일 거라고 예상했다. 하지만 어머니는 침착하게, 최선을 다해 가장 진실한 부처 같은 모습으로 거기 앉아 있었다.

침착한 어조와 행동에도 불구하고 어머니의 말투는 마치

나를 책망하는 것 같았다. 왜 내게 화를 내는 걸까. 나는 징징거리며 보채는 아이가 아니었다. 어머니 말에 따르면 나는 생후 6개월 동안 한시도 손에서 놓을 수 없는 아이였다. 하지만 성인이 된 지금은 필요 이상으로 독립적으로 살아가고 있었다.

"아마, 어머니 말이 맞을 거예요. 모든 인간은 자신이 하는 일에 책임을 져야지요." 내가 말했다.

나는 먼저 일어나겠다며 식탁에서 물러났다. 어머니와 구체적으로 대화를 나누기 시작했지만 바바와 미라 앞에서 계속 이야기하고 싶지는 않았다. 나는 마치 어머니에게 관심을 구걸하는 어린아이가 된 기분이었다.

나는 복도 끝에 있는 화장실에 갔고 볼일을 다 보고도 거기 머물렀다. 어머니의 말이 귀에 계속 윙윙거렸지만, 솔직히 내가 바바의 의견에 이의를 제기하고 반박한 터라 기분이 좋아졌다. 나는 정확하고 좋은 논평은 해봤어도 누군가의 의견에 반박해본 적은 없었다. 이제 내 분야 전문가에게도 반박이 가능할 것이다. 또한 다시 평정심을 갖고 식탁으로 돌아가 예의 바르게 훌륭한 대화를 나누고 점심을 마칠 수 있을 듯했다. 나는 사실 어머니에게 정서적으로 위안을 얻고 싶었다. 하지만 내가 원하는 것을 얻지 못하리란 사실을 받아들여야 할 듯했다.

나는 머리에 물을 약간 적셔 뒤로 넘기고 화장실을 나왔다. 거실로 돌아가는 대신 몸을 왼쪽으로 돌려 예전 내 방을 들여다보았다. 내 방으로 들어가기 전에 복도 맞은편에 있는 부모님 방을 흘깃 보았다. 침대 옆에 있는 여행 가방 두 개가 눈에 들어왔는데 반쯤 열려 있는 상태였고 옷들이 삐져나와 있었다. 침대는 정리되어 있었는데, 주름 진 침대보를 보니 지난밤 침대에서 누군가 잠을 잔 게 확실했다. 나는 재빨리 내 방으로 들어갔다. 손댄 흔적 없이 깔끔했다. 목 안 깊숙이 담즙이 넘어가는 것 같았다.

"아, 미라, 아닐을 데리러 갈 시간이 30분이나 지났는데, 어쩌죠." 응접실을 향해 고개를 돌리며 내가 말했다.

나는 미라를 뚫어지게 바라보며 말했다.

"정말 늦었네요. 아닐이 짜증을 내겠어요."

미라는 어머니에게 초대해줘 고맙다고 말했다. 나는 방 건너편에 서서 바바에게 손을 흔들어 보이며, "곧 다시 봐요, 어머니", 마치 모퉁이 가게에 우유를 사러 나가는 아이처럼 말했다. 어머니를 똑바로 쳐다볼 수가 없었다.

2분쯤 후에 우리는 서둘러 인사를 나누고 아파트를 나와 계단을 내려가고 있었다. 나는 아무 말 없이 운전을 했고 오션 비치까지 가서 차를 세웠다. 실은 아닐을 데리러 갈 시간까지는 한 시간이나 남아 있었다.

우리는 차에 앉은 채 파도가 거칠게 일렁이는 모습을 바라보았다. 서핑을 하는 몇 사람이 급류를 타고 있었다. 이유 없이 갑자기 눈물이 터졌고 멈출 수가 없었다. 미라가 나를 바라보더니 내 머리를 자기 어깨로 끌어당겼고 내가 참고 있던 눈물을 마저 쏟았을 때는 부드럽게 머리를 쓸어주었다.

"괜찮아요?" 미라가 마침내 물었다.

뭐라고 말해야 좋을지 몰랐다. 어머니가 처음 우리 곁을 떠났을 때 나는 그녀가 더 나은 삶을 구해 떠나는 수백 수천의 사람들 가운데 하나라고 여겼다. 날카로운 비수에 찔리는 것처럼 마음이 아팠지만 추스를 수 있었다. 아파트 안으로 들어설 때까지 바바와 어머니는 넘지 말아야 할 선을 지키고 있을 거라며 자신을 설득했다. 두 사람이 아파트에서 우리를 맞이할 때만 해도 순수한 만남이라는 상상을 깨고 싶지 않았다.

어머니는 내 아버지가 아닌, 잘생기고 성공한 남자가 필요한 성적인 존재란 말인가? 그건 너무도 괴로운 질문이었다. 나는 또래의 젊은 친구들처럼 성숙하게 역설적인 농담을 던지며 이런 의문을 날려버리고 싶었다. "오, 예스, 우리 어머니가 슬립 바바하고 잤대." 칵테일파티에서 이렇게 스스럼없이 지껄일 수 있을 정도로 말이다. 하지만 내가 자라온 환경은 너무도 달랐다. 우리는 부모의 성생활을 화제로 삼긴커녕 슬쩍 언급하며 지나가는 일조차 없었던 가족이었다.

"어머니가 행복을 느낄 기회를 줘야지. 라케시가 해준 얘기를 빼고는 어머니가 예전에는 어떤 사람이었는지 나는 모르죠. 그런데 오늘 본 라케시 어머니는 행복으로 충만해 보이는 여자였어요. 내 말에 마음 아프겠지만, 아마도 남편에게 그런 행복을 느끼지는 못했을 거예요." 미라가 말했다.

"나랑 아버지가 뭐 어땠다고요? 어머니가 나에게 나쁜 감정이라도 품고 있는 걸까요?" 내가 물었다.

미라는 침묵이 곧 대답이라고 여기는 것 같았다.

"아까 뭘 봤기에 그렇게 급히 가자고 했어요?" 그녀가 물었다.

"흐트러진 침대요."

"음, 왜 그렇게 도망치듯 나가고 싶어 했는지 이제야 알겠네요. 만약에 내 어머니가 그랬다면 나는 어떻게 반응했을지 모르겠어요. 아마도 화장실에서 나오자마자 당장 헤어지라고, 둘이 갈라서라고, 다시는 입도 뻥끗 말라고 바락바락 악을 썼을 거예요. 둘에게 다시는 안 만나겠다는 약속도 받아냈겠죠. 그런 지경으로 몰고 가지 않았으니 당신은 성숙하게 대처한 거예요."

그녀는 잠시 말을 멈추더니, 딸이 아닌 한 여자의 입장에서 다시 말을 이었다. "라케시, 당신 어머니는 정말 아름다운 여자예요. 당신이 알고 있는 것 이상으로. 아마 아들들은 이런 생각 하기를 꺼릴지도 모르죠. 아마도 라케시 어머니는 매일 겪는 일들의 부조리를 깨닫고, 가부장적 관습을 거부하며 평생 살았을 거라는 생각이 들어요. 어머니는 아마도 숨 쉴 기회, 약간의 자유를 원했을 거예요."

나는 미라의 말을 들으면서도 시선은 계속 바다에 두고 있었다. 입가에 묻어 있는, 소금 맛이 느껴지는 눈물을 손으로 닦았다. 이후 일이 어떻게 흘러갔는지 지금은 확실히 기억나지 않는다. 미라가 나를 달래주기 위해 내 뺨에 가볍게 입술을 갖다 대었다. 내가 눈물을 다 쏟아내고 잠시 자신에게 연민을 느꼈던 다음 순간이었다. 미라와 나는 서로 어색함을 지우기 위해 머뭇거리다 막 감정이 싹트기 시작한 고등학생들처럼 키스를 하기 시작했다. 고등학교 시절 내내 그런 순간이 오기를 간절히 바랐지만 실제로 일어나지는 않았던 일이었다. 나는 그때 예쁜 여자와 앉아 파도 소리가 귓가에서 부서지는 곳에 주차를 해놓았었는데, 시간이 흐를수록 차창에 부옇게 김이 서렸던 기억만 남아 있을 뿐이었다.

처음 몇 분간 우리는 순수한 마음으로 빨려 들어갈 듯 키스에 몰입했다. 그런데 내 손을 어디에 두어야 할지 몰라 안절부절못했고 이건 일회성 사건으로 받아들여야 한다는 생각이 나를 지배했다. 그런 생각 때문이었는지 미라의 어깨에 걸쳐 있던 내 손이 그녀의 가슴께로 스르륵 내려갔다. 지난 몇 주 동안 나는 미라의 옷 아래 가려진 몸을 힘겹게 바라보고 있었고 어디서든 그 모습을 떠올렸다.

내 손이 가슴에 닿자마자, 풍만함을 느끼기 직전에 미라가 재빨리 몸을 뒤로 뺐다.

"오, 아니야, 내가 지금 무슨 짓을 하는 거지?" 그녀가 말했다.

"나를 위로해준 거죠?" 내가 말했다.

미라가 살짝 웃어 보이자 나는 다시 그녀의 입술을 향해 몸을 기울였다.

"이러면 안 돼요." 그녀가 손을 들며 말했다.

내가 미라와 키스를 하며 느낀 감각이 좋은 만큼, 꼭 그만큼 낯선 기분이 함께 들었다. 의심할 여지 없이 내 생애 최고의 몇 분이었는데도.

미라는 차문을 열고 나가더니 바닷가를 향해 걷기 시작했다. 나로서는 너무도 원했던 일, 어머니와 바바가 얽힌 일도 잊어버리게 한 일이 일어났는데 미라의 감정은 다른 것 같았다. 우리가 부도덕한 연쇄 작용이라도 일으킨 사람들처럼 여겨져 두려움을 느끼는 듯했다. 아닐이 어찌 받아들일까 생각하니 혼란스러운 걸까? 부모님의 완벽한 결혼생활을 수년간 지켜보며 자신도 그처럼 행복하리라 여겼는데 꿈이 훼손당했다는 생각에 배신감을 느낀 걸까? 미라가 10분가량 잿빛 하늘 아래 거친 파도가 이는 모래사장을 거니는 동안 나는 몸을 뒤로 기댄 채 차에 앉아 있었다.

아닐을 차에 태우고 우리는 몇 분간 말없이 앉아 있었다.

"거기서 무슨 일 있었나? 왜 이렇게 말이 없어?" 아닐이 물었다.

미라는 고집스럽게 앞만 바라보고 있었다. 그녀가 차로 돌아온 이후 우리는 한마디도 나누지 않고 눈조차 마주치지 않았었다. 내가 무어라 말을 하려고 하면 미라는 고개를 가로저었다.

"슬립 바바가 당신에게 안부를 전해달라고 하더군요. 당신을 수년 전에 만났다고 하던데요." 그녀가 아닐에게 말했다.

"농담 아니지?" 뜻하지 않은 소식을 전해 들어 놀라운지 아닐의 목소리가 경망스럽게 들릴 정도로 터져 나왔다.

농담 아니지, 우리 아버지가 자주 사용하던 말이었다.

아닐과 미라가 대화를 이어갔다. 처음엔 슬립 바바의 이야기로 시작하더니 점점 내가 모르는 사람들과 장소들을 거론했다. 마치 미라가 내게—혹은 그녀 자신에게—아닐과 자신 사이에 내가 침범할 수 없고 둘만이 공유하는 삶이 있음을 보여주고 싶어 하는 듯했다. 그녀는 두 사람만이 아는 이야기를 계속 이어갔고 내가 끼어들 틈을 주지 않았다. 아닐이 사촌을 만난 얘기를 했을 때도 나는 그냥 듣고만 있었다. 오래전에 아닐과 미라가 서로에게 멀어졌을 때가 있었다는 말이 무색할 정도였다. 미라는 대화 내내 아닐에게 집중했고 그들은 내가 뚫고 들어갈 수 없는 친밀함에 안겨 있었다.

한 시간 만에 미라의 품에 안겨 있던 나는 사라지고 어느덧 운전사가 되어 집으로 가는 것 같았다. 나는 수년 동안, 토러스 뒷좌석에 앉은 채 앞좌석에 앉아 조용히 말싸움을 벌이던 부모를 지켜보던 소년이었다. 그래도 여전히 부모의 그늘 속에 있었다. 그들에겐 부모의 의무가 있었고, 나에겐 아들의 의무가 있었다. 그렇지만 지금은, 마치 소년이었던 내가 뒷좌석에서 운전석으로 옮겨 앉은 듯한 착각이 생겨났다. 백미러 속에서 어머니는 아주 먼 곳의 뒷좌석에 앉아 있는 듯했고 아버지도 나와 멀리 떨어져 다른 주에 있었으며 미라와 아닐은 하나가 되어 나한테서 절연된 듯해 와락 외로움이 밀려왔다. 시간이 좀 흐르자 이 몇 시간이 마치 성인이 치러야 하는 잔

인한 의례같이 느껴질 정도였다. 나는 아이였을 때로 돌아가 길고 깊은 잠을 자고 싶은 생각뿐이었다. 간절했다. 재수 없는 슬립 바바 때문이었다.

"집에 가면 메모 좀 해둬." 아닐이 미라에게 말했다.

비록 자신이 경험한 일이 아니더라도 메모를 남길 가치가 있는 것들은 나중에 아닐의 집필 자료로 쓰였다.

내가 운전을 하는 동안 아닐은 시테시의 책에 대해 얘기했다. "오만한 놈이지만, 예리하고 거대한 정신의 소유자지."

차가 집에 도착했을 때 아닐이 내게 추수감사절에 뭘 할 거냐고 물었다. 미라가 나와 함께 시간을 보내고 싶을 리는 없을 것 같았다. 하지만 아까 맛본 입술의 달콤함을 떨쳐버리지 못하고 있던 나로서는 냉정하게 생각할 수가 없었다.

"별 계획 없어요."

우리는 센터에 머무는 사람들과 함께 추수감사절을 보냈다. 나는 건너편 테이블에 있는 노부부와 친근하게 담소를 나누는 미라를 지켜보며 어쩌다 아닐 옆에 앉게 되었다. 내가 눈을 마주치려고 다섯 번 정도 시도하면 미라는 겨우 한 번 눈길을 주었다. 나는 나름의 방식대로 추수감사절 전통을 만들어내 견뎠다. 옆에 없는 여자와 함께 식사하기.

추수감사절 주말 토요일이 되었다. 미라와 아닐은 이미 계획했던 대로 12월을 뉴욕에서 보내기 위해 떠났다. 나는 기말고사 리포트를 쓰면서 몇 주 동안 나름 바쁘게 보냈다. 리포트를 모두 제출하자 마음이 싱숭생숭하고 안정이 안 됐다. 다시 학기가 시작될 때까지 어떻게 시간을 보내야 할지 상상조차 할 수 없었다. 방학 동안에 했던 일들—친구들을 만나고, 영화를 보러 가고, 설경을 보러 드라이브를 하기—에는 전혀 흥미를 느끼지 못했다.

아닐을 만나러 다니던 날들이 그리웠다. 하지만 정작 그리운 사람은 미라였다. 나는 사랑에 빠졌다. 미라는 처음엔 상상의 여인으로, 나중에 어머니 집에서 점심을 먹으면서는 현실의 여인으로 다가왔다. 여자 앞에서 눈물을 보인 것은 처음이었다. 나 자신이 겉으로 좀체 드러내지 않던 깊은 내면을 미라가 이해했다고 느꼈다.

나는 즉흥적으로 뉴욕 행 비행기 표를 샀다. 크리스마스를 아버지와 보내는 것은 옳은 일이야, 나는 자신을 계속 타일렀다. 사실은 햇살이 맑게 내리쬐는 추운 겨울 오후에 미라와 함께 센트럴파크를 오래 걸어보고 싶었다. 뉴욕에서 하기에 멋진 일이다.

크리스마스를 이틀 앞두고 샌프란시스코에서 뉴욕으로 날

아갔다. 아버지가 제이에프케이 공항으로 마중을 나왔다. 알아서 찾아가겠다고 말했는데도 직접 나오신다고 고집을 부리더니 기어이 오셨다. 여전히 대머리였고 머리 뒤쪽 머리숱이 더 적어졌다. 수년 동안 길렀던 수염은 깔끔하게 면도를 해서 없앴다. 수염이 없으니 더 젊어 보여야 할 텐데 한겨울 공항의 밝은 불빛 아래에 선 아버지는 초췌하고 왜소해 보였다.

"라케시, 뉴욕에 온 걸 환영한다."

어머니는 뭔가 억제돼 있었는데, 아버지는 과도하게 환영하는 몸짓을 보였다.

아버지는 내게 다가와 포옹을 해주었다. 시도는 순수했으나 실행은 부실했다. 머리를 서로 부딪치지 않으려고 발을 헛디딘 것이다.

아버지는 내게 머플러와 장갑, 플리스로 짠 모자가 담긴 작은 쇼핑백을 내밀었다. "기온이 뚝 떨어졌어, 아마도 화이트 크리스마스가 될 거야."

짐을 찾는 곳에서 가방을 기다리는 동안 아무 말이 없었다. 우리는 늘 서로를 이해하고 잘 지냈음에도 같이 나눌 대화가 별로 없던 부자였다. 부끄럼을 타는 성격들도 아니었는데 둘이 만나면 어색한 침묵이 길게 이어졌다.

"하시는 일은 어떠세요?"

묻고 싶지 않았지만 다른 질문이 생각나지 않았다. 승객의 반 정도가 가방을 찾아 떠났다.

"뭐, 완벽하지는 않지. 그래도 나쁘지는 않아."

아버지는 종종 과장되게 만족을 드러내면서도 경제와 정직이 화제가 되면 일 이야기를 꺼냈다. 그는 회계사 업무를 익혔고, 나는 툭하면 소송을 해대는 자본주의가 흥청대는 한 아버지를 위한 일자리 하나쯤은 늘 있을 거라고 여겼다. 예상대로 일자리를 얻기란 아버지에게 어려운 일이 아니었지만 감원이 시작되면 맨 먼저 자리를 잃을 각오를 해야 했다. 아버지는 업무에 능숙한 반면, 본능적으로 사람들에게 다정하고 친절하게 대하려는 성품이 오히려 출세에 방해가 되었다.

"회사에서 내년에도 내 책상이 남아 있을 거라고 하더라."

"좋은 소식이죠?"

"아주 좋은 소식이지. 내 나이에, 또 다른 낯선 도시에 익숙해지려고 애쓰고 싶지 않다. 이 도시가 맘에 들어. 내 말이 무슨 뜻인지 알게 될 거다. 너도 여기가 맘에 들 거야."

내가 대학을 졸업하고 금융계 일자리를 걷어찬 도시가 바로 뉴욕이었다. 면접을 보기 위해 처음 이 도시를 찾았던 기억이 났다.

마침내 가방을 찾았고 나는 아버지를 따라 공항 밖으로 나갔다. 예상보다 훨씬 추웠다. 나는 다시 안으로 들어가 아버지가 내게 주려고 사온 장갑과 머플러 등을 꺼냈다.

"버스라도 타고 가요."

아버지는 내 말에 고개를 저었다.

10분쯤 지나 우리는 퀸즈를 지나 맨해튼을 향해 가는 택시에 앉아 있었다. 나는 아버지가 뉴욕같이 상당히 불친절한 도시에 어떻게 적응하고 살아갈까 우려했는데, 그는 이미 새로운 영역을 장악한 사람처럼 평소보다 훨씬 편안한 태도를 보였다. 걸을 때도 목적지를 정확히 아는 사람처럼 주변을 둘러보지 않고 곧장 걸었다. 택시 안에서도 몸을 뒤로 기댄 채 오른쪽 다리를 왼쪽 무릎 위에 올리고 나서 택시가 다리를 건너서 멀리 건물들이 바라보일 때 여행 가이드처럼 말하기 시작했다.

"저 건너 어디쯤에 아름다운 여인이 있지." 아버지가 리버티섬을 가리키며 말했다.

나는 아버지가 우리 옆을 스쳐 지나가는 택시에 탄 금발 여자를 말하는 줄 알았는데 자유의 여신상 이야기였다.

한참이 지나 택시는 22번가와 렉싱턴 구석에 있는 인도 식당 앞에서 멈췄다. 길 양편 위아래로 연이어 인도 식당들이 즐비했다. 우리는 '베지테리언 팰리스'라고 쓰인 식당 안으로 들어갔다. 빨갛고 작은 크리스마스 시즌 전구가 창가와 벽면에 장식되어 있었다. 화려한 연말연시 분위기를 연출하려 했겠지만 오히려 반대 이미지를 풍겼다.

"메흐타지." 우리가 들어서자 주인이 인사를 건넸다.

남자는 자기 체형보다 두 사이즈는 더 커 보이는 갈색 양복을 입고 있었는데 인도 식당 주인치고 공손해 보이는 인상이었다.

"내 아들, 라케시요. 몇 시간 동안 비행기를 타고 왔으니 제대로 된 식사를 해야지요." 아버지가 말했다.

"아, 그 역사학자 아들이군요?"

주인은 내 가방을 받아들었고, 나는 아버지를 따라 테이블로 갔다. 자리에 앉고 얼마 지나지 않아 테이블에 700시시 킹피셔(인도 맥주―옮긴이) 병맥주가 놓였다.

"하루에 한 병. 사람들이 그러는데 홉이 비뇨기에 좋다더라." 아버지가 말했다.

"정말 그래요?" 내가 물었다.

"난 그렇게 생각하지 않는데―" 아버지가 한 모금을 들이켜기 전에 말했다.

나는 여행 오길 잘했다는 생각이 들었다.

식당의 반이 손님으로 차 있었다. 크리스마스를 불과 며칠

앞둔 추운 겨울 저녁, 독특한 손님들이 주 고객인 채식주의자 식당은 아련한 애수를 불러일으켰다. 아버지는 혼자 식사하는 두 손님에게 손을 흔들어 알은체를 했다. 한 사람은 아버지 또래의 인도 남자이고, 다른 한 사람은 50대 초반으로 보이는 백인 여자인데 백발이 성성했다.

"여기서 자주 식사하세요?"

"일주일에 네다섯 번. 주인이 내가 뭘 좋아하는지 알고 돈도 아낄 수 있지. 내가 재료 다 사서 요리해 먹는 것보다 싸거든. 이따 집에 가보면 알 거다. 요리를 할 만큼 주방이 크지 않단다. 물이나 끓여 먹기에는 좋지."

웨이터가 음식이 가득 담긴 탈리스(금속 쟁반─옮긴이) 두 개를 가져왔다.

"매일 밤 이렇게 드세요?"

아버지는 고개를 흔들었다. "특별한 날에나 먹지."

아버지가 왜 이 식당에서 밥을 먹는지 알 것 같았다. 맛은 강렬한데 기름지지 않았다. 요리사는 식당 뒤쪽에 있는 주방에서 충분한 시간 동안 요리를 해서 내왔다. 작은 그릇에 담긴 삼바르(콩에 채소와 향신료 타마린드를 넣은 인도식 매운 스튜─옮긴이)는 뜨거웠고, 내가 한 그릇을 다 비우자 웨이터는 새로 담아 내왔다.

"주인은 김이 모락모락 나는 삼바르가 좋은 식사의 기본이라고 생각하지. 내가 더 큰 그릇으로 달라고 했더니, 먹는 시간이 오래 걸려 다 식는다며 말리더구나." 아버지는 삼바르를 한 입 떠먹었다. "학교는 어떠냐?"

이 질문에는 대답하기 어렵다. 내가 아버지랑 심하게 언쟁을 벌인 적이 있었다. 연봉 7만 5,000달러를 주는 일자리를 포기하고 연간 보조금 1만 8,000달러가 지급되는 대학원 진학을 하겠다고 말했을 때였다. 아버지가 바보 같은 결정이라고 생각했던 이유를 지금은 이해한다. 사실 아버지는 이렇게 말했었다.

"바보 같으니라고. 네게 그만한 대접을 해줄 회사는 다신 못 만날 거다."

아버지 말이 옳았다. 그래서 나는 솔직하게 죄다 지루하다고 대답하기 어려웠다.

"괜찮아요. 아닐 트리베디 일을 도와주고 있는데 그건 아시죠?" 내가 말했다.

"그 아닐 트리베디 말하는 거냐?"

아버지는 아닐의 인내심을 존경하는 세대에 속했고, 그가 타지마할 건축물이나 카슈미르 양탄자처럼 세계에 인도를 알리는 역할을 하는 뛰어난 민간 외교 사절이라 여겼다.

나는 주로 신문이나 잡지 기사를 읽어준다고 설명했다.

"네가 그 사람의 눈이구나." 아버지가 이렇게 말했을 때, 나는 두 가지 이유로 흥분되었다. 내가 아닐의 눈이라는 아버지의 표현과, 내가 정말로 그의 눈이라는 사실.

"그런 것 같네요. 다 읽어준 다음에 어떤 주제로 대화를 나누기도 해요. 아닐은 정말 놀라울 정도로 똑똑한 사람이에요. 그가 눈이 멀었다는 사람들의 말은 사실이지만 다른 감각들은 상대적으로 뛰어나요. 사물을 느끼기도 하고 말하지 않았는데도 분위기나 기운을 감지하고요. 어떨 땐 옆에 있기가 무서울 정도예요. 상대방이 무슨 생각을 하는지도 알아채니까요."

우리는 식사를 끝내고 조용히 식당을 나서자마자 왼쪽으로 한 발짝 떼고는 바로 다른 문을 열고 안으로 들어갔다. 인도 요리를 하는 식당 건물 2층에 아버지가 살고 있었다. 한때는 효율적이라는 칭송을 받은 이런 아파트는 더 이상 효율적일 수 없을 정도로 작았다. 아무리 크게 잡아도 5~6평.

"싫지 않다면 나랑 같은 침대에서 자야겠구나."

작은 방에는 풀 사이즈 침대 하나가 자리를 다 차지하고 있었다. 구석에 아주 작은 냉장고가 있고 그 위에 전기 주전자가 놓여 있었다. 작은 화장실과 소형 옷장도 보였다.

"크진 않지만 회사가 최선을 다해 임대 지원을 해준단다. 회사 소유 건물인데 계약직들에게 내준 거지. 어찌되었든 대부분의 시간을 회사나 아래층 식당에서 보낸단다."

내가 어떤 표정을 짓고 있었는지 느끼면서도 감출 수가 없었다. 여기보다 내가 사는 곳이 훨씬 더 크고, 환하고, 생기가 넘쳤다. 이것이 평생 친절하게 살아온 사람이 거둬들인 열매란 말인가?

"좋은데요." 내가 말했다.

나는 가방에서 옷들을 꺼내면서 놓을 자리가 없음을 깨달았다.

아버지가 화장실에 있는 동안 방을 둘러보고 창가에 서서 길 아래를 내려다보았다. 페인트가 벗겨진 창틀에서부터 거리에 넘쳐나는 쓰레기통까지, 모두 초라하기 그지없었다. 아버지는 한 번도 성공한 적이 없는 사람이지만 이제 완전히 바닥으로 추락한 상태 같았다. 아버지가 혼자 대도시 빈민들을 위한 공동주택에 사는 반면, 나는 대학원생 수입으로 왕자같이 살고 있는 것이었다.

아버지는 내가 어릴 때부터 입었던 잠옷을 입은 채 화장실에서 나왔다. 민소매 러닝셔츠와 흰색 파자마 바지를 입었고, 루드후락샤(rudhraksha) 금장 목걸이가 가슴께에 걸려 있었다.

변한 것은 세월뿐이었다. 팔뚝 아래 살과 앞가슴 피부가 탄력 없이 늘어져 있었다.

나는 재빨리 화장실로 들어갔다.

화장실에서 나왔을 때 아버지는 침대 한쪽을 차지한 채 신문을 읽고 있었다. 나는 아버지 곁에 누웠다. 무슨 말이라도 꺼내고 싶었는데 딱히 떠오르는 화제가 없었다.

"네가 여기 와서 참 기쁘다. 보여줄 게 엄청 많거든." 아버지가 침묵을 깨며 말했다.

"저도 잘 왔다는 생각이 들어요."

다음 날 아침에 이집트 미라와 인도 유물들이 있는 메트로폴리탄 박물관을 둘러본 후에 우리는 점심을 먹으려고 차이나타운으로 갔다. 4층 건물 전체가 딤섬을 파는 곳인데 우리는 3층에 자리 잡았다. 손님들은 대부분 중국인이었지만 몇몇 테이블엔 젊은 백인 커플들이 앉았고, 다른 많은 테이블은 여러 명의 중국인들이 차지한 가운데 혼자 있는 백인 남자도 눈에 띄었다.

"아버지는 직업에 만족하세요?" 내가 물었다.

"'일'이라고 부르지. 그게 아니라면 놀이라고 할까. 상관없지 뭐. 내가 말했던 것처럼 회사가 더 성장할 가능성이 있어. 지금까지 수없이 많은 일을 전전하며 느낀 바로 난 직업운이 없는 것 같아. 일과 안정된 결혼, 둘 다 운이 안 따라. 아주 열심히 했는데도 말이야. 새로운 일을 시작할 때마다 이번엔 잘될 거라고 말했지. 그런데 어찌된 영문인지 늘 안 풀렸어. 내가 뭘 잘못했는지 뭘 잘했는지도 모르겠어. 지금은 숫자에 꽉붙들려서 안 잘리기만을 바라지. 정년을 맞아 그래도 일이 있어 다행이었다고 느낄 순간이 오기를 고대하고 있어. 한데 그런 순간이 쉽게 올 것 같지는 않아."

점잖은 표현 속에 격렬한 항의가 숨어 있었다.

아버지는 지나가는 딤섬 카트에서 접시를 몇 개 집어 테이블에 놓았다. "그래, 네 어머니한테서는 무슨 소식 없었니?"

그날 아파트를 뛰쳐나온 후에 어머니한테서는 아무 소식도 받지 못했다. 인도로 돌아간 듯했다.

"별로 없었어요. 한 달쯤 전에 샌프란시스코에서 잠깐 봤을 뿐이에요." 내가 말했다.

샌프란시스코라는 말만 들어도 아버지는 마음이 아픈 것 같았다. 30년 동안 결혼생활을 했는데도 어머니는 먼 미국까지 왔을 때도 아버지에게 전화조차 하지 않았다.

"네 어머니가 보고 싶다. 네 어머니가 떠나지 말기를 얼마나 간절히 바랐는지 차마 말도 못하겠구나. 사실, 네 어머니는 이미 수년 전에 내게서 마음이 떠났고, 지금의 삶이 그녀를 회복시켰으니 다행이지. 정말 간절히 네 어머니가 돌아오기를 바랐지만, 예전 모습과 현재 모습 가운데 하나를 내가 선택할 수 있다면 아마도 후자일 거다."

그동안 나는 아버지에게 무슨 일이 있었는지 알지 못했다. 몇 년 동안이나 어머니와 나는 아버지가 도대체 뭘 원하는지 모르겠다고 불평했더랬다. 감정을 드러낼 수는 있지만 표현에 무척 서툴렀으니까. 그런데 지금 내 앞에 앉아 있는 아버지는 달랐다. 분명하고 섬세하게 감정을 드러내고 있었다. 전문가의 상담을 받았거나, 누군가 감정을 드러낼 수 있게 만든 것만 같았다.

점심을 먹은 시간이 길진 않았는데, 딤섬 식당을 막 나왔을 때 태양은 이미 어디론가 사라져버렸다. 먹구름이 하늘을 가리고 있었으며 눈이 한두 송이 떨어지고 있었다.

"하루만 지나면 크리스마스네." 아버지가 말했다.

우리는 조금씩 흩날리는 눈을 맞으며 월스트리트에 이르렀다. 어깨를 부딪힐 정도는 아니었지만 거리는 여전히 많은 사람들로 붐볐다. 눈송이들이 모든 이들의 마음을 들뜨게 만들었다.

"이제 오늘의 마지막 말을 하고 싶구나. 실은 네게 월스트리트 일자리를 놓치지 말라고 압박하기가 내키지 않았단다. 스스로 결정할 일이니까. 그때 너 스스로 결정을 내릴 만큼 씩씩했음을 알았으니 너무 행복하구나. 난 그렇게 살아보질 못했거든. 그래도 네게 월스트리트를 다시 보여주고 싶었어. 세상의 돈이 만들어지는 중심지를 보거라. 이곳이 '중심'이라는 명성은 그리 오래가지 않겠지만, 네가 여기에 발을 담글 수 있을 만큼은 유지될 거다. 내 생각에, 우리가 미국에 왔듯이 언젠가 너는 인도로 돌아갈 것이다. 거기엔 돈과 새로운 삶이 있지. 그냥 네가 여길 한번 둘러보길 바랐어. 그리고 네게 주어진 기회를 '재고'해봤으면 좋겠구나. 주목할 가치가 있거든."

아버지가 말한 대로 나는 주위를 둘러보았고 어쩔 수 없이 마천루의 위용에 압도당했다. 메릴앤드린치 빌딩이 근처 어딘가에 있었다.

"고마워요, 아버지, 이곳을 보여주셔서 정말 감사해요." 내가 아버지에게 말했다.

아버지가 나를 어른 대접 해주어서 나는 행복했고 동시에 놀랍도록 서글퍼졌다. 아버지에게서 이상한 기류가 느껴졌는데 마치 모든 일을 깔끔하게 마무리 짓는 느낌을 받았다.

다음 날이 크리스마스였다. 우리는 명절을 거창하게 보내는 가족은 아니었다. 아버지의 직장이 이끄는 대로 우리 가족은 샌프란시스코에 정착하기 전에 런던과 토론토를 거쳤다. 새로운 곳에 머물 때마다 부모님은 이질적인 문화와 명절들에 맞춰 살아가기를 몹시 힘들어했다. 추수감사절 때는 칠면조를 먹는 대신 우리가 좋아하는 멕시칸 식당에 갔고, 크리스마스 아침에는 함께 하이킹을 했다.

아침에 눈을 떴을 때 아버지가 내 옆에서 잠들어 있었다. 그 모습을 보자 문득 형식을 제대로 갖추어 명절을 보내고 싶다는 생각이 들었다. 더 많은 사람들과 함께.

그날 저녁, 베지테리언 팰리스에서 크리스마스 만찬이 있었다. 우리가 식당에 도착했을 때 한가운데에 열 명이 함께 식사할 수 있는 커다란 테이블이 준비되어 있었다. 아버지는 여덟 명의 손님들에게 일일이 나를 소개했다. 모두 단골이었는데 인도 남자 몇 명을 제외한 나머지는 백인 남자와 여자이고 40대 중반에서 60대로 접어드는 사람들이었다. 나는 도착한 첫날에 보았던, 혼자 식사를 하고 있던 루스 옆에 앉았다.

웨이터가 음식을 가져오기 시작했다.

"접시 옮겨줄 도우미가 필요하면 내게 말해요." 루스가 살짝 윙크하며 말했다.

"크리스마스 로스트와는 좀 다르네요." 나는 도사(Dosa: 인도 남부의 대표 음식으로 쌀가루를 반죽하여 만든 롤―옮긴이)를 한 입 베어 먹으며 말했다.

"나는 평생 하누카(Hanukkah: 히브리력 아홉 번째 달인 키슬레브 25일에 여드레 동안 이어지는 유대교 명절—옮긴이)와 크리스마스 둘을 기념했어요. 뭐니 뭐니 해도 크리스마스 저녁 때 먹는 이들리 삼바르(idli-sambar: 발효 쌀과 검은 렌틸콩 반죽을 둥글게 빚어 쪄내는 이들리를 삼바 소스에 찍어 먹는 인도 요리—옮긴이)가 역시 최고인 것 같아요."

루스는 자신이 정통 유대교인으로 자랐는데, 가톨릭 신자와 결혼하면서 한 번 배교했고 남편과 이혼하면서 다시 한 번 배교했다고 말했다.

"여기 계신 분들은 다 누구세요?" 내가 물었다.

"우리는 거의 이 식당에서 만난 사람들이지. 주방장은 조용한 성품인데도 차고 뜨거운 성질의 본질을 제대로 다룰 줄 아는 사람이야. 그가 만든 음식을 먹은 후로는 아픈 적이 없었단다."

그날 저녁 내내 나는 루스와 대화를 나누었다. 그녀가 유대교인으로 자란 얘기와 인도 음식이 코스 요리로 나오지 않는 이유 등이 화제였다. 가끔 아버지와 루스는 서로 눈을 마주쳤는데 그날 밤 두 사람이 대화를 나누는 것을 본 적은 없었다.

아버지는 다른 테이블에 앉아 옆에 있던 두 남자와 대화를 나누었다. 그들은 계속 맥주를 시켰고 웃으며 음식을 먹었다. 나는 오랫동안 아버지가 그렇게 행복해하는 모습을 본 적이 없었다.

나는 문득 우리가 앉아 있던 테이블 왼쪽으로 눈을 돌렸다. 주방장과, 주인, 그리고 뜨거운 삼바르와 완벽하게 구워진 얇은 도사를 먹고 있는 웨이터들을 바라보았다. 그 사람들 너머 창문을 통해 거리 모습이 한눈에 들어왔는데, 드디어 눈이 펑펑 내리고 있었다.

피곤하지는 않았지만 나는 잠자리에 들기 위해 10시 즈음에 일어섰다. 충분히 즐거운 시간을 보냈다. 아버지는 내가 거기에 함께 있어서 좋아했지만 나는 왠지 아버지의 모습을 바라보기가 불편했다. 나를 당신 친구들에게 소개했으니 아버지는 바라던 것을 이루었다. 그러니 내가 더 머물러 있을 이유가 사라진 셈이었다. 내가 올라가겠다고 말했을 때, 아버지는 막지 않았다.

나는 거의 자정까지 아버지가 쌓아놓은 신문들을 꺼내 읽었고, 막 잠이 들려고 했을 때 식당에서 들려오는 말들이 희미하게 귀에 와 닿았다. 나는 아버지가 귀가하는 소리를 듣지 못했는데, 아침에 눈을 떴을 때 그는 내 옆에서 깊이 잠들어 있었다. 아버지는 잠귀가 밝은 사람인데, 내가 일어나 샤워를 하고 옷을 갈아입을 동안에도 깨지 않았다. 나는 메모를 남겨 놓고 나갔다. 거리는 텅 비어 있었다. 몇 블록 건너 손님들이 가득 들어찬 식당에 들어섰다. 손님은 대부분 나이 든 사람들이었는데도 생기가 느껴졌다. 나는《타임》한 부를 사서 테이블에 앉았다.

신문을 읽으려고 했는데 집중이 되질 않았다. 오믈렛을 반쯤 먹다가 종업원에게 다가가 전화번호부 책이 있느냐고 물었다.

"제 번호는 거기 없을걸요." 여자가 웃으며 말했다.

동유럽 출신 같았다. 머리는 뒤로 질끈 동여맸고 옅은 화장을 하고 있었다. 깔끔하고, 흰색 셔츠를 입어 더욱 아름다워 보였다.

"어디로 가면 만날 수 있는지는 제가 알죠." 나는 이렇게 말하고 잠시 멈췄다가 여자의 왼쪽 가슴 쪽으로 고개를 약간 숙였다. "아, 이름이 애니아군요"

나는 전화번호부를 받아 테이블로 돌아와 T란을 살펴보았다. 이스트 79번지, 그의 이름이 눈에 들어왔다. 집으로 전화하는 게 가장 자연스러운 방법 같았다.

"아버지를 뵈러 온 길인데, 선생님도 이 도시에 살고 있을 거라는 생각이 들었어요." 나는 혼자 중얼거리며 연습해보았다. "혹시나 해서 전화번호부를 봤죠. 진짜 신기해요. 어제 메트로폴리탄 박물관에 갔다가 지하철을 타러 가다 살고 계신 곳을 지나친 거예요."

집으로 전화하는 것은 미라와 아닐, 둘 다에게 안부를 묻는다는 뜻이다. 문제 될 일은 전혀 없었다.

오믈렛을 다 먹은 후에 전화를 해야겠다고 생각하며 토스트를 한 입 베어 먹었고 지하철 요금이 올랐다는 기사를 읽었다. 이제 테이블에는 달랑 나와 계산서와 전화번호부만 남았다. 전화를 걸려면 식당에 있을 동안 해야 했다. 나는 되도록 경쾌한 목소리로 말하고 싶었고, 사람들의 대화가 자연스레 배경으로 깔려 있어 전화를 걸 용기가 생겼다.

전화를 받은 사람은 아닐이었다.

"오, 내 사랑하는 친구여." 그가 말했다. 고루한 말투였고 꼭 다른 사람 목소리 같았다. "뉴욕에 온다는 말을 왜 우리에게 안 했나?"

"갑자기 결정한 일이에요."

"언제 떠나나?"

"내일 아침에요."

"그럼, 오늘 점심 때 오게. 어제 먹다 남은 음식이 한 상 가득이야."

"미라에게 안 물어봐도 돼요?"

"물어볼 게 뭐 있나? 자네를 보고 싶어 할걸."

"제 아버지와 같이 가도 될까요? 선생님을 뵌다면 아마도 흥분할 거예요."

"물론이지." 그가 과장되게 환대하는 목소리로 말했다.

나는 아버지에게 약속이 있을지라도, 아닐을 만날 수 있다면 어떤 약속도 깰 거란 사실을 알고 있었다. 내가 아파트에 도착했을 때, 아버지는 막 잠에서 깬 상태였다.

"오늘?"

"무슨 다른 계획이라도 있으세요?"

"물론 없지."

아버지는 다급하게 면도와 샤워를 하고 바지와 셔츠를 다렸다.

"정장을 입지 않아도 돼요."

"그들 때문에 입는 게 아니다." 아버지는 속마음을 드러냈음을 깨닫고는 이렇게 말했다. "매일 이렇게 한단다."

2차대전 이전에 지어진 듯한 고풍스러운 건물 앞에 도착했을 때 벅찬 기대감이 차올랐다. 공원을 산책할 때처럼 유쾌한 기분이었는데 이건 시작에 불과했다. 건물 안으로 들어서자마자 대리석 바닥과 세부를 금으로 장식한 현관 내벽과 마주쳤고 나는 와락 부끄러움이 일었다. 왜 나는 굳이 샌프란시스코에 있는 초라한 우리 아파트에 미라를 초대했을까?

우리는 엘리베이터를 타고 올라갔다. 미라가 우리를 현관에서 맞이했다. 그녀는 나를 포옹하려다 바로 옆에 아버지가서 있다는 사실을 그제야 깨달은 사람처럼 멈칫하더니 안으로 들어갔다. 미라가 나를 절망적인 눈빛으로 쳐다보는 느낌이 들었다. 내가 불쑥 찾아와 실망이라도 한 걸까?

"아드님이 정말 훌륭해요. 똑똑하고 게다가 아주 겸손하지요." 그녀가 아버지를 돌아보며 말했다.

나를 어린아이 취급 하는 것처럼 들려 속이 메스꺼운 찬사였다.

아파트는 고풍스럽고 탁 트인 느낌을 주었고 거실, 가족실, 주방, 그리고 침실이 세 개 있는 여섯 개의 공간으로 나뉘어 있었다. 아버지의 원룸은 대략 이 집의 현관 입구만 한 크기였다. 미라는 우리를 벽 한쪽을 다 차지하고 있는 붙박이 책장에 책이 빼곡히 꽂힌 거실로 안내했다. 벽에 거대한 추상화―플루트를 연주하는 크리슈나(Krishna: 힌두교의 신―옮긴이)가 입체적으로 표현돼 있었다―를 비롯해 작은 유화들과 사진들이 걸려 있었다. 아닐은 수년 전에 이 아파트를 구입했는데, 출판 인세, 부모가 남긴 재산, 그리고 최근 미라가 모은 돈까지 더해 마련한 공간은 감당하기 어려울 정도로 고급스러웠다. 나는 500달러 정도의 소파를 하나 사도 평생 쓰는 거라고 생각하며 자랐다. 그런데 거기 놓인 소파들은 모양이 반듯하고 두꺼운 실크로 덮여 있어 수천 달러를 호가할 듯했고 계절이 몇 번 지나면 새것으로 계속 교체할 것 같았다. 다른 사람은 몰라도 아닐은 미니멀리스트여야 했다.

"트리베디 선생님." 아버지는 거실로 들어서면서 말했다.

"그냥 아닐이라고 불러주세요."

아버지는 자신감이라고는 찾아볼 수 없는 몸짓과 말투로 어느덧 공손한 인도 신사가 되어 있었다. 나는 레스토랑 주인에게서 이와 비슷한 모습을 보았을 때 속으로 경멸했었다.

긴장하지 마세요, 아버지. 그는 그냥 작가일 뿐이에요. 나는 속으로 이렇게 중얼거렸다.

우리가 자리에 앉자 미라가 물을 가져왔다. 이 공간에서 그녀는 뭔가 달라 보였다. 발걸음은 더 편안하고 가벼워 보이면서도 행동은 어딘가 모르게 지친 듯했다. 날씨가 추워 뺨에 드리워졌던 홍조가 사라졌다.

미라뿐만 아니라 전화선을 통해 들려온 목소리에서는 생기가 느껴졌던 아닐도 달리 보였다. 전에도 물론 마른 체형이었지만, 몸무게가 더 줄어든 것 같았다. 며칠간 면도를 하지 않아 까칠해진 턱 때문에 볼이 움푹 꺼져 보였다. 나와 키스했다는 사실을 미라가 고백했을지도 모르겠다는 생각이 불쑥 들었다. 그런 말이 복병처럼 튀어나와, 아버지 앞에서 창피를 주는 것은 아닐까? 나는 속으로 문장을 하나 만들어 중얼거려보았다. "선생님이 마치 미라를 제게 안겨준 것만 같았어요."

나는 아버지에게 아닐이 맹인인데도 불구하고 일상생활을 잘 꾸려가는 모습을 보여주고 싶었다. 그런데 아닐은 별 움직임을 보여주지 않았다. 우리가 대화를 조금 나누기 시작했을 때도 계속 의자에 앉아 있었고, 미라는 아닐이 시키는 대로 차, 스웨터, 히터를 그에게 가져다주느라 분주하게 움직였다. 내가 만나보려고 전전긍긍했던 사람이 고작 기력 없는 노인이라니.

캘리포니아에서 우리 셋은 편하게 느껴질 정도로 친근하게 지냈다. 그런데 뭔가 격식을 차린 자리에 온 것처럼 느껴졌다. 아마도 아버지와 함께한 자리여서 분위기가 진중해진 듯했다.

칠면조 고기, 스터핑, 으깬 고구마, 그리고 크리스마스 와인을 조금 곁들인 점심을 함께 먹는 동안 아버지는 마음이 편해졌는지 아닐이 자기 부모에 대해 쓴 책에 대해 말하기 시작했다. 친숙한 일상의 모습을 통해 아닐은 20세기경에 태어난 인도인들을 친근하게 그려냈다. 그들은 내 아버지의 부모들 같은 사람들이었다. 상류층 힌두교인이며 식민 통치를 하던 영국의 그늘에서 잘 살았던 사람들이었다.

"최고의 책들 가운데 하나죠. 시대를 초월하는 최고의 책."

아버지의 목소리는 긴장되었고 뭔가 과장하는 경향이 있었다.

"그래도 늘 찬사를 받지는 않죠. 이렇게 말하면 어떨까요, 인도 맹인 작가들 가운데 내가 최고라고." 아닐이 농담을 했다.

몇 분간 아닐과 아버지는 서로의 부모들에 대해 이야기를 나눴다. 아버지가 나의 친가가 영국에 맞서 정치 투쟁을 했고 내 할아버지가 간디와 함께 교도소에 투옥당했던 얘기를 꺼냈을 때 아닐은 친절하게 모든 이야기를 들어주었다. 자랄 때 귀가 따갑도록 들은 이야기들이었다. 나는 와인으로 입술을 축였고, 처음에 이 집에 도착했을 때 드리운 어색한 침묵이 사라져 다행스러웠다. 미라는 여전히 내 눈길을 애써 피했다.

책에 관한 얘기는 거기서 멈춰야 했는데 아버지는 계속 말을 이어갔고 결국 기나긴 대하소설이 펼쳐졌다.

"선생님이 묘사하신 모틸라와 간디, 그리고 젊은 네루, 정말 모두 잘 그려냈어요. 발라바이(인도 초대 부총리—옮긴이)에 대해서는 말을 좀 아끼는 듯했는데, 구자라트 주 사람들이 그런 점을 받아들인 것 같아요. 그들은 정말 훌륭한 사람들이었죠. 나라를 위해서도 좋은 일을 많이 했어요. 지금은 나라가 완전 썩었지만요."

아닐의 책은 수년간 그렇게 받아들여졌고 읽혔다. 그런데 나는 아닐이 당대의 지도자들에 대해 논평 이상의 무엇을 쏟아냈음을 최근에 깨달았다. 내 생각을 말하자 아닐도 동의했었다. 원래 자신은 훨씬 더 비판적으로 썼는데 편집자가 이 위대한 인물들에 대해 혹독하게 쓰면 아무도 책을 안 사볼 거라고 잘라 말했다고 한다. 사람들이 듣고 싶은 것은 영웅서사이지 가끔 성적으로 흥분하고 때로 양심을 품는 평범한 인간 간디의 이야기가 아니라고.

만약 최근에 이런 대화를 나눴다면 아닐은 초고를 수정 없이 밀고 나가는 방안을 고려했을 것이다. 그는 여전히 영웅 이야기를 고대하는 맹목적인 독자들을 맞닥뜨릴 테지만.

"책을 다시 한 번 읽어보세요." 아닐의 말은 처음엔 친절하게 들렸다. 그런데 점점 어조는 강경해졌고 감정이 담겨 있었다. "좀 더 밀도 있게, 수년간 끼고 있던 핑크빛 색안경을 벗어던지고 읽으세요. 나는 그 인물들을 단순히 비판한 게 아니라 더 중요한 주제를 논했다고 자부해요. 간디는 병적으로 자기

중심적이었고, 네루는 부유한 집안에서 태어난 개화한 아첨꾼의 아들이었어요."

아닐의 말을 듣고 있던 아버지의 낯빛은 변하지 않았지만 수치심을 가까스로 억누르고 있음을 알 수 있었다. 아닐이 공격한 것은, 내 아버지, 아버지가 유년기부터 존경해온 사람들, 그리고 아닐처럼 고난과 좌절에 직면해서도 품위를 지키며 살아가는 이들을 삶의 본보기로 여겼던 이들의 마음이었다.

나는 아닐을 쳐다보았다. 그도 나를 바라보았다. 나와 미라가 키스한 일을 알고 있다는 확신이 들었다. 내게 무슨 말이라도 하라고 요구하는 것만 같았다. 하지만 내가 무슨 말을 할 수 있을까? 짧은 지식으로 역사에 관해 주절거려볼까? 당신의 아내를 사랑하고 있다고 고백할까? 나는 아닐의 주장에 반박하지 않았다. 하지만 더 중요한 것은 내가 아버지를 변호하지 않았다는 사실이다.

"나는 우리 모두가 역사를 해석할 권리가 있다고 생각해요." 아버지가 대답했다.

미라는 아닐이 천편일률적인 역사 해석에 염증을 내고 있다는 사실을 알았다.

"아닐, 뭐 다른 먹을거리 좀 줄까요? 칠면조 고기 더 먹을래요?"

아닐이 손을 저어 거절의 뜻을 내비치자 그녀는 우리를 보며 같은 질문을 했다.

"아닙니다, 선생님, 우리는 역사를 해석할 권리가 없어요. 우리들 가운데 소수만이 역사를 올바로 해석하는 데 필요한 발품을 팔았어요. 실례지만 무슨 일을 하십니까?" 아닐이 말했다.

"회계 일을 하고 있어요."

"제가 선생님 사무실에 가서 콩알을 어떻게 세라고 일일이 말하지 않죠. 저를 그렇게 예우해주시면 안 될까요?"

나는 아닐의 이런 모습을 단 한 번도 본 적이 없었다. 여기에는 논쟁 이상의 감정이 담겨 있었다. 아닐은 구석에 몰린 굶주린 개처럼 누구라도 다가오면 물어뜯고 으르렁거릴 것처럼 보였다. 나는 무슨 말이라도 하고 싶었지만 오히려 기름을 붓는 꼴이 될 것 같아서 참았다.

점심식사가 끝날 때까지 아닐과 미라는 대화를 하려 들지 않았고, 우리는 귀찮고 불필요한 존재라는 느낌이 들었다. 그들과 몇 달간 가까이 지냈음에도, 나는 결국 두 사람의 병적인 섬세함과 터질 듯한 자존감과 자기중심적인 사고와 호화로운 환경 속에서 읽고 쓰는 행위에 대해 화가 치밀었다. 그들은, 나도 한때는 꿈꾸었던, 넉넉한 집안에서 버릇없이 자란 아이들처럼 그저 풍족한 삶을 영위하는 부부에 불과했다.

우리는 방문한 지 채 한 시간도 지나지 않아 아파트를 나왔다. 내가 그만 일어서야겠다고 말했을 때 아닐과 미라는 붙잡지도 않았을뿐더러 커피나 한잔 하고 가라는 말조차 없었다. 미라는 내가 그들의 행동을 이해할 수 있는 어떤 기미도 드러내지 않았다.

집으로 가는 동안 아버지는 내가 아닐을 소개해서 더없이 멋진 시간을 보냈다고 말했고, 자신이 받은 상처는 절대 드러내려 하지 않았다.

"내가 월스트리트에 대해 한 말은 여전히 다 유효하다. 어찌되었든, 네가 왜 진로를 그렇게 결정했는지 이제야 분명히 이해할 수 있겠구나. 작가 같은 사람들과 어울리는 것은 틀림없이 멋진 일이야. 네가 그렇게 성공할 수 있을지 의문이지만, 아닐 부부가 누리는 삶은 정말 좋아 보이더라. 오늘은 기분이 좀 안 좋은 듯했지만 어쨌거나 그런 정도면 꽤 좋은 인생이지." 그가 말했다.

우리는 오후 2시가 넘어서 집에 도착했다. 더 이상 관광을 하거나 아버지와 마주 앉아서 계속 이야기를 나눌 기운이 없었다. 쉬고 싶었고, 아버지도 마찬가지인 듯했다. 나처럼 기운차게 빨리 움직일 수 없는 아버지는 뉴욕현대미술관은 나

혼자 가는 편이 낫겠다고 여겼다.

미술관을 나왔을 때는 오후 5시가 넘어서고 있었다. 전철에서 내려 아파트로 돌아오는 길에 그날 아침을 먹었던 식당을 지나게 되었고 걸음이 느려졌다. 애니아가 계산대 앞에서 여전히 일하고 있었는데 여덟 시간 전에 보았던 모습 그대로 깔끔해 보였다.

"미트로프 때문에 오셨나요?" 등 뒤에 있는 오늘의 특별 요리가 적혀 있는 메뉴판을 가리키며 그녀가 물었다. "아니면, 나를 보러?"

"둘 다요."

"별로 특별하지 않아요."

"뭐가요?"

"미트로프요."

"당신은요? 당신은 특별해요?"

나는 평소에 이렇게 추파를 던지는 사람은 아니었다. 낯선 도시에서 느끼는 여행자의 객기라고나 할까, 열두 시간 남은 비행기 출발 시간 때문이었을까, 별로 손해 볼 일도 아니라는 생각이 들었다.

"그럴 거예요. 한데 그건 오직 당신만이 대답할 수 있는 질문이죠."

"뉴욕 구경 좀 시켜줘요." 내가 말했다.

"10분 있으면 일이 끝나요."

"전 그것보다 조금 더 시간이 필요해요."

"왜죠? 부모님에게 외출 허락이라도 받아야 하나요?"

"20분 후에 데리러 오죠."

아버지가 전날 밤처럼 외출 중이라면 모를까, 아버지를 혼자 남겨두고 가기가 죄스러웠다.

아버지는 식당에서 라시(인도식 요구르트—옮긴이)를 먹으며 서류를 보고 있었다. 나는 아버지가 상처를 받았을 때 금방 눈치를 챈다. 이번에는 마음을 다치지 않았음이 분명했다. 아닐의 말이 아프게 들렸지만, 아버지는 자신이 좋아하는 새로운 삶의 긍정적인 면에 집중하고 있었다.

"배고프냐?" 내가 걸어 들어갔을 때 아버지가 물었다.

"괜찮아요. 옛날 친구랑 저녁을 같이 먹기로 했어요."

"좋지, 좋아. 난 오늘 밤 여기에 있을 거야, 아파트 열쇠 갖고 있지?" 그가 말했다.

나는 2층으로 올라가 가방을 정리했고 새 셔츠로 갈아입었다.

애니아가 일하고 있는 식당으로 가고 있을 때 휴대전화 벨이 울렸다. 미라였다. 추운 거리에 서서 전화를 안 받기 위해 의지력을 총동원했다. 전화로 사과하고 싶은 마음은 없었다. 그럼에도 미라의 목소리를 듣고 싶은 열망이 차올랐다. 혹시 메시지라도 남겨둘까 싶어 1분간 기다렸지만 메시지는 오지 않았다.

나는 혹시나 음성메시지가 도착했다는 문자가 떠오르지 않을까 하는 희망을 버리지 않은 채 부질없이 휴대전화에 저장된 이름들을 눈으로 훑으며 기다렸다. 연락처에 헬렌의 이름이 보였을 때는 행동하기 전에 먼저 생각을 하라는 목소리를 외면하고 번호를 누르고 말았다.

"안녕, 이방인." 그녀가 말했다.

나는 헬렌의 이런 점에 늘 감사했다. 전화는 언제나 받는다.

우리가 같이 보낸 1년을 뒤로하고 느닷없이 헬렌이 떠난 후로 연락을 해본 적은 없었다.

"지금 뉴욕에 있어?" 내가 물었다.

"응, 너도?" 그녀가 말했다.

"술 한잔 할래?"

"좋지." 그녀가 말했다.

나는 애니아가 일하고 있는 식당 인근에서 벗어나 어퍼이스트사이드로 걸어가며 급작스러운 만남을 받아들인 헬렌의 상태가 궁금해지기 시작했다. 내게 죄책감이라도 느꼈던 걸까? 그냥 애니아와, 미래도 과거도 없는 하루의 멋진 저녁을 보내기 위해 브루클린으로 갔어야 했다.

60년대 초에 지어진 것처럼 보이는 아파트 건물에 닿았다. 아닐과 미라가 살고 있는 곳과 비슷했지만 헬렌은 꼭대기 층에 살고 있었다. 그녀는 현관에서 나를 맞았다. 검정 민소매 셔츠에 심플한 긴 캐시미어 스웨터를 걸치고 있었으며 물이 적당히 빠진 청바지를 입고 있었다. 나는 헬렌의 심플하고 우아한 멋에 이끌려 사랑에 빠졌다는 것이 기억났다.

헬렌은 앞으로 몇 걸음 다가오며 말없이 나를 포옹했다. 나는 두 팔로 헬렌을 감싸 안았고, 마치 본능처럼 오른손으로 부드러운 등 아래를 어루만졌다. 부드럽고 따뜻한 피부가 느껴졌다.

"다시 만나게 되어 반가워." 그녀가 속삭였다.

그녀는 내 등 뒤의 문을 닫았다.

"트로이를 옮겨놓은 것 같네." 나는 거실을 들여다보며 말했다.

"그렇게 생각할 수도 있지." 그녀가 수줍고 어색하게 말했다.

현관에서 두 계단 내려가자 천장이 높고 탁 트인 넓은 거실이 눈에 들어왔다. 우리 집은 거실이라고 부를 만한 곳이 한 군데인데 여기엔 무려 세 군데였다. 하나는 격식을 완벽하게 갖춘 접견실 같은 응접실이고, 다른 하나는 벽난로 옆에 있는 조금 작은 공간이고, 나머지 하나는 양장본 책들과 대형 화보집이 꽉 들어찬 벽장에 둘러싸인 곳이었다. 벽 한쪽에는 진품일 리는 없겠지만 너무도 완벽해서 진품이나 다름없는 클림트의 작품이 걸려 있었다. 헬렌의 집에 있는 소파는 아닐과 미라의 소파가 소박해 보일 정도로 고급스러웠다. 복도 끝 방은 센트럴파크와 그 너머에서 반짝이는 불빛들이 한눈에 내려다보이는 테라스로 이어졌다. 나는 이 모든 것에 압도당했다.

　헬렌은 뉴욕 생활을 자세히 설명하지 않고 애매하게 얼버무렸다. 무남독녀이고 부모님들은 늘 바빠서 집에 거의 없다고 말했었다. 우리는 이런 연유로 쉽게 유대감을 느꼈다. 내가 작은 아파트에 혼자 남겨졌을 때 헬렌의 손엔 거대한 궁전 같은 맨션의 키가 쥐여져 있던 셈이었다. 나는 대학원에 진학해 얻은 장학금과 그에 따른 혜택들을 마치 새롭고 눈부신 세계의 초대장으로 여겼다. 반면, 헬렌에게 대학원 생활은 진짜 삶 속으로 뛰어들기 전에 한 걸음 내려가 제3세계를 방문하듯 경험한 갭이어(흔히 고등학교 졸업 후 대학 생활을 시작하기 전에 일을 하거나 여행을 하면서 보내는 1년—옮긴이)에 불과하다는 생각이 들었다.

"경치가 을씨년스럽네." 나는 테라스 쪽으로 걸음을 떼며 말했다.

나는 테라스 턱까지 걸어 나와 주변을 보다 재빨리 몸을 돌려 안으로 들어갔다. 나는 결코 자살 충동을 느끼는 사람은 아니었지만 발코니에 서 있거나 고속도로를 달리다 고가도로를 지날 때면 늘 무서웠다. 무의식이 나를 지배해 일을 저지를지도 모른다는 두려움 때문이었다.

"자주 안 봐서 그래. 겨울에 특히 아름다운데."

우리는 다시 안으로 들어와 책에 둘러싸인 공간에 앉았고 헬렌은 새 와인 병의 코르크마개를 열었다. 그녀가 코르크 스크류를 어찌나 능란하게 다루는지 나는 늘 경탄했다.

오랜만에 만나 생겨난 어색한 느낌은 와인과 대학원 뒷담화로 사라져버렸다. 나는 시테시 다스 이야기를 했다.

"이해가 안 가. 그분이 영적인 사람으로 다시 태어났다는 말이야?"

"그 얘긴 많이 못했는데, 그렇게 대학을 때려치우고 나서 부인이나 아이들을 본 적은 없나 봐. 지금은 아쉬람에서 사는데, 어느 미국인 CEO가 해독 치료를 하느라 수천 달러씩 들여 모셔 오나 보더라. 사기꾼이야."

"그럼 네 어머니랑은 뭘 하는데?"

"알고 싶지 않아. 오랫동안 못 본다 해도 상관없어. 이번에 내가 평소에 뭘 느끼고 살았는지를 확연히 깨달았어. 어머니는 자식을 원해본 적이 없었어. 결혼이라면 몰라도, 적어도 내 아버지의 아이는 갖고 싶지 않았던 거야. 70년대 인도 사회에서는 아이를 거부한다는 말은 차마 꺼낼 수도 없었지. 여기서는 가능했지만 말이야. 이번에 어머니를 봤는데 무척 행복해 보였어. 어머니 주변에 나와 내 아버지가 없어 가능한 일일 거야. 내가 뭘 어떻게 할 수가 없어."

우리는 첫 잔을 빨리 비웠다. 서로 편안함을 느끼려고 취할 필요는 없었고 둘이서 즐겁게 마시는 것이 좋았다. 와인 덕에 둘 다 신경이 느슨해졌다.

"배를 채울 걸 좀 가져올게."

"신경 쓰지 마. 불쑥 찾아온 사람인데."

나는 그냥 말을 하고 싶었다. 계속 뭔가 말하고 싶었다.

헬렌은 내 말을 뒤로한 채 주방 쪽으로 가더니, 치즈, 크래커, 무화과, 잼, 대추, 그리고 두꺼운 살라미 조각들이 가득 담긴 접시를 들고 왔다.

"집에 있던 것들이야?"

"부모님이 크리스마스 때 사람들을 많이 초대했어. 남은 음식이 꽤 많아. 우리 세 식구만 있는 호젓한 크리스마스를 원

했는데, 어머니는 열다섯 명이 둘러싼 저녁 식탁이 더 친숙한
가 봐."

점심을 적게 먹은 후로 아무것도 먹지 못했기에 나는 치즈
와 살라미를 눈 깜짝할 사이에 먹어치웠다.

"라케시, 정말 뉴욕은 어쩐 일이야? 만나서 무척 행복한데
영문을 모르겠어. 뉴욕에서는 뭘 해?"

나는 아버지를 만나러 왔다고 말했다.

"그럼 어머니를 만난 것보다 조금 더 나아?"

"무척 좋은 시간을 보냈어. 아버지도 잘 지내시고. 아버지
가 말하지는 않았지만, 루스라는 여자분을 사귀는 것 같아.
루스란 이름을 정말 싫어했는데 그분은 좋은 사람 같았어. 어
제 저녁 식사 때 테이블 너머로 두 분이 서로를 바라보고 있
더라. 아버지가 둘이 어떤 사이인지 말해주면 좋으련만, 이렇
게 넌지시 알리는 방법을 더 좋아하시는 것 같아. 내 생각에
이제 나는 완전한 미국인이야. 부모님도 헤어져 각자 다른 사
람을 만나고 있으니 더 그렇게 느껴져."

"그럼 넌 누구 만나?" 헬렌이 불쑥 물었다.

헬렌과 여전히 함께할 수도 있다고 생각했는데 그녀를 보
니 그 마음에 확신이 들었다. 그렇게 확신했기에 미라 얘기를
하지 않을 뻔했다. 하지만 헬렌이야말로 그런 이야기를 나눌

유일한 상대였고 어쩌면 서로 비슷한 상황에 처해 있어 감사할지도 모를 일이었다.

"와우. 정말 굉장한 시간들을 보내고 있었네. 무단가출한 학자를 만난 일도 놀라운데 그토록 유명한 작가의 부인과 동침이라니."

미라와 잠자리를 함께하지 않았다는 사실은 말하지 않았다.

"그래, 어떻게 된 거야?"

"나도 모르겠어. 나보다 적어도 열 살이나 많은 여자야. 왜 그녀가 이름도 없는 나 같은 평범한 남자에게 관심을 가질까? 처음 본 후로 유혹한 쪽은 그녀였어, 키스도 그녀가 먼저 했고."

"네가 잘생긴 남자라 그래. 우리 과에서 개강총회 했을 때 처음 눈에 들어온 게 바로 너였거든."

"정말이야?"

그런 말을 들으니 기분이 좋았다. 몇 년간 여자들의 관심을 받았음에도 내가 잘생겼다는 생각은 해본 적이 없었다.

"미라랑 있으면 내 감정을 잘 모르겠어. 아닐을 아프게 하고 싶은 마음은 결코 없거든. 나는 그와 시간을 보내는 게 정말 좋아." 아닐 같은 사람이라면 내가 작가가 되는 데 도움을 줄 수 있다는 말은 하지 않았다. "그런데 미라가 내 눈에 안

보이면 미칠 것만 같아. 실은 그녀를 잘 알지도 못해. 오늘 오후에 그게 더 분명해졌어. 나는 단지 아버지에게 아닐을 만나게 해드리고 싶었거든. 그런데 그들 부부가 우리를 함부로 대한다는 느낌이 들었어. 우리가 그동안 깊은 유대감으로 연결돼 있다고 여겼는데 아니었어."

헬렌은 와인을 벌컥 마시고 나서 한 잔을 더 비웠다.

나는 갑자기 많은 말을 너무 빠르게 했다는 생각이 들었고 보상이라도 해야겠다 싶어서 헬렌을 향해 고개를 돌렸다. "미안해. 내 얘기는 이걸로 충분해. 나한테서 널 떠나게 했던 남자 친구는 잘 있어?"

"아냐, 아니야. 나는 아직 우리가 끝났다고 여기지 않아."

헬렌이 계속 말했다.

"내 마지막 카드는 아직 테이블에 놓여 있어. 말도 안 되는 상황에 자신을 내던졌던 거지. 내가 상황 판단은 빠르잖아, 기억해?"

우리가 함께 수업을 들었던 어느 강의에서, 헬렌은 몇 주간 이와 비슷한 태도를 계속 보였다. 함께 읽은 책에 대해 토론하는 시간이었다. 헬렌은 전체 논의를 주의 깊게 듣고 의견이 일치하지 않는 점과 논쟁까지 모두 챙기더니 너무도 간단히 말하려는 바가 깔끔하게 정리된 선언적 진술을 끌어냈다.

"내 생각에는 네가 기다려야 할 것 같아. 시간이 해결해줄 거야. 인내심을 가지라고. 어찌되었든 두 사람은 결혼한 부부 잖아." 헬렌이 말했다.

"결혼은 했지만 아닐이 성인군자처럼 자상하게 둘의 관계를 이끌지는 않았어."

"네가 성인처럼 굴어야 하는 이유가 바로 그거네."

'성인'이라는 단어가 내포한 의미가 너무 많아 그때는 제대로 짚어보지도 못했다.

헬렌은 정작 하고 싶은 말이 더 있는 듯했는데 마지막 순간에 억지로 목젖 뒤로 삼키는 것처럼 보였다.

"무슨 말을 하고 싶은 거야?" 내가 물었다.

"네가 마치 짝이 있는 여자의 숨겨놓은 애인이 되려는 습관이 있는 사람처럼 보인다고." 헬렌이 말했다.

등짝이 확 타오르는 것 같았다. 틀린 말은 아니었지만 엄청 자존심이 상했다.

"억울한데. 우리가 사귀기 전에 네가 다른 사람 만나고 있다는 말은 하지도 않았어." 내가 말했다.

"나는 성인이 아니고 평범한 인간일 뿐이야. 사람들을 대할 때 좀 더 신중해야 한다는 걸 배우는 중이라고."

"나는 늘 신중했어." 내가 고집스럽게 말했다.

"물론 그랬지."

헬렌에게 화를 내거나 반박했어야 했다. 하지만 악의에 차서 상처 주려고 한 말은 결코 아니라고 생각했다.

"습관이든 아니든, 숨겨놓은 애인 노릇은 이제 다 끝냈어. 넌 예일 대학 남자하고 어떻게 됐어?" 내가 말했다.

"할 말이 별로 없네. 그 사람과 잘해보려고 여기로 돌아왔는데 날 떠났어. 내가 너랑 데이트할 때 그쪽도 다른 사람을 사귀고 있었거든." 헬렌이 스쳐 지나가는 눈길로 나를 보면서 말했다.

"그냥 학교로 돌아오지 그랬어."

헬렌이 어깨를 으쓱해 보였다. "모르겠어. 오래 사귀었던 사람이었는데. 내가 충격이 컸나 봐. 지난 6월에 집으로 돌아온 후로 줄곧 이 거실에 오래 앉아 있었어."

와인을 단숨에 벌컥 들이켤 순간이 이제 내게 왔다. 다른 사람으로 인해 마음의 상처를 입은, 우리 둘.

내 가슴은 흥분에 휩싸였다. 나는 미라를 떠올렸고 이어 헬렌을 생각했다. 그녀가 다른 남자의 추잡한 행동에 의해 상처 입었다는 생각이 들자 토할 것만 같았다. 나는 둘이서 옷을 훌훌 벗어던지고 그녀의 침대 위에 있던 포근한 거위털 이불 속으로 파고들어 따뜻한 온기를 느끼며 눕고만 싶었다. 또 한편 테라스에서 몸을 날려 아주 멀리 사라지고 싶은 충동도 느꼈다.

"초대해줘서 고마워." 나는 불쑥 작별인사를 했다.

"라케시, 잠깐만 더 있다 가. 이 병만 비우고 일어나. 사실 이런 대화는 내가 널 떠날 때 나눴어야 했어. 얘길 꺼내자니 실은 너무도 긴장돼서 못했어. 내가 그렇게 사라지는 게 아니었는데." 헬렌이 내 손등에 자기 손을 올려놓으며 말했다.

"좀 급작스러웠어. 한동안 우린 너무도 많은 시간들을 함께했는데. 갑자기 사라지니 아무것도 아닌 사이가 돼버렸잖아."

"알아. 미안해. 그는 내가 처음으로 진지하게 만난 남자였고, 너랑 나랑은 학교를 졸업하면 자연스럽게 헤어지는 캠퍼스커플이 될 텐데 그런 사실을 받아들일 용기가 없었어. 이런 상황에서는 누구나 이렇게 말하겠지만, 정말 네가 싫어져서 그런 것은 아니야. 넌 완벽했어. 정말이야. 캘리포니아에서 보낸 가장 멋진 순간들은 너와 함께한 시간들이었어. 너무도 급작스럽게 떠나서 돌아가기엔 면목이 없었을 뿐이야."

"떠나기 전에 그냥 이렇게 얘기라도 나눴으면 좋았을걸." 내가 말했다.

15분가량 우리는 그냥 앉아 있었다. 헬렌은 내 손등에 올린 손을 거두지 않았다.

"나 이제 가야겠다." 내가 드디어 작별을 고했다.

"언제 다시 볼 수 있을까?" 그녀가 물었다.

그 질문에 어떻게 답해야 할지 몰랐다.

"바라건대, 곧." 내가 말했다.

아버지 아파트로 돌아가기 전에, 혹시나 미라가 늦은 밤 산책을 하러 나올지도 모른다는 허튼 희망을 품고 그들이 살고 있는 아파트를 향해 걸었다. 몇 번이고 아파트 주변을 올라갔다 내려갔다 했지만, 나를 의심의 눈초리로 자꾸 쳐다보는 관리인의 눈길이 느껴져 포기하고 아버지 집으로 발길을 돌렸다.

봄날의 야구 경기

겨울 학기가 시작되었다. 나는 새로운 일을 시작할 때와 같은 희망을 품고 새 강의를 들으러 다녔다. 미라와 헬렌을 마음속으로 멀리하려고 노력하면서, 고등학교 1년 선배 여자와 두 번 데이트를 했다. 나는 그녀와 내 아파트 근처에 있는 카페에서 우연히 마주쳤다. 1월이 지났다. 그리고 2월이 흘러갔다.

뉴욕에서 아닐과 함께했던 점심을 떠올릴 때마다 화를 내고 거리감을 두고 멀리해야 할 사람은 분명 나였음에도 먼저 연락을 끊은 사람은 아닐이었다. 내가 문을 열고 나가던 그날 오후 아닐은 미라와 샌프란시스코에 도착하면 연락을 하겠노라고 했었다. 하지만 아무 연락도 없었다. 나는 그들이 뉴욕에 더 머물기로 한 거라고 생각했다.

드디어 3월 중순쯤 아닐의 전화를 받았다. 마치 바로 전날 통화한 사람처럼 친근한 목소리였다. 그동안 연락하지 않았던 일도 언급하지 않았다.

"내일 아침에 들렀다 갈 수 있나?"

당연히 나는 안 간다. 뉴욕에서 우릴 그렇게 대했는데, 왜?

"자네와 몇 가지 얘기하고 싶네, 자네가 쓴 멋진 소설에 대해서도."

"8시 반이면 어떨까요?" 내가 물었다.

다음 날 아침에 도착해 보니 커피 테이블에 놓여 있던 신문들과 잡지들은 사라지고 없었다. 대신 300페이지 분량의 원고가 깔끔하게 정돈돼 있었고 바로 옆에 젊은 남자의 서투른 자살 시도에 관해 쓴 20페이지 분량의 내 원고가 놓여 있었다.

아닐은 지난번에 만났을 때보다 좋아 보이지도 나빠 보이지도 않았다. 나는 소파에 앉았고, 아닐은 습관적으로 내게 차를 따랐다.

"그동안 연락을 못해서 미안했네. 예정보다 뉴욕에 더 오래 머물렀어. 영감이 막 떠올라 작업량이 늘었거든. 그런 분위기를 깨고 싶지 않았네. 자세한 얘기는 좀 있다 하기로 하고, 자네 원고에 대해 먼저 말하기로 하지. 미라가 원고를 읽어줬는데 내가 다시 읽어달라고 청해서 또 들었네."

아닐이 일종의 심사평을 들려주기도 전에, 미라가 큰 소리로 내 원고를 읽어주는 광경을 상상만 해도 아닐에게 책을 읽어주며 보냈던 긴 시간들과 점심식사 초대에서 느낀 수치심마저도 감수할 만한 가치가 있는 일로 여겨졌다.

"나는 구탐 다스라는 인물에게 푹 빠졌네. 위기에 빠진 젊은 남자의 이름을 '구탐'이라고 지었잖나. 좀 무겁게 출발하는 느낌이 있지만, 이건 자네가 원하는 쪽으로 결정할 일이네. 부르주아의 실존, 비록 편안하게 살아갈지라도 나는 주인공의 위기감을 충분히 이해해. 그런데 여기서, 그의 삶을 평가할 수 있는 '나'라는 사람은 누구인가? 작가인 자네가 잘 반영된 인물이지. 나는 지난 며칠 동안 줄곧 그에 대해 생각했다네. 그가 보고 싶을 정도로. 듣지도 못하는 부모들에게 도움을 청하는 그의 간절함, 정말 가슴이 아팠네. 인물을 아주 잘 살렸어. 자네의 장점이 거기에서 드러나더군. 심리적 트라우마를 겪는 사람을 보는 좋은 시선을 갖고 있어. 만약에 작가가 안 된다면 좋은 심리치료사가 될 것 같아. 이제 인물은 뒷주머니에 넣어두고, 다른 것들로 눈길을 돌리게. 계속 쓰다 보면 다른 것들은 저절로 알게 될 거야. 내가 하고 싶은 가장 중요한 조언은, 작가로서 감정을 과감하게 드러내는 일을 두려워하지 말라는 걸세. 자네가 만들어낸 인물들의 감정을 충분히 느끼도록 자신을 열어두게. 조금 감상적인 사람이 되어보라고. 자네처럼 젊은 사람들은 이 말에 눈살을 찡그리겠지. 그들은 뻔뻔스러움이 깔린 우스개랄까, 모든 걸 보고 이해하는 아주 똑똑한 사람의 이야기를 원하지. 하지만 무언가를 정말로 이해하기란 거의 불가능하다네. 진짜 중요한 것은 감정이지. 감정만 남는 거야. 자신에게 솔직해야 되네. 그리고 자네의 독자들에게도."

아닐은 손가락을 원고에 올려놓더니 내 앞으로 그것을 밀었다.

"자네에게 얘기하고 싶은 게 하나 더 있네."

나는 아닐이 자신의 원고를 내게 읽어달라고 청하기 전에 나라는 사람을 충분히 파악할 때까지 오래 기다렸음을 알 수 있었다. 그럼에도 불구하고 내 글을 칭찬하자 들뜨지 않을 수 없었다. 아닐이 한 말을 결사적으로 믿고 싶은 심정이 되어버릴 정도였다. 비록 짧은 평이었지만 아닐이 했던 말은 수년 동안 내 안에 머물렀다.

"아마도 미라가 최근에 우리에게 있었던 문제에 대해 말했을 거야. 나는 꽤 오랫동안 이 원고와 씨름하고 있었네. 쓰다 멈추기를 수없이 반복하면서 말이야. 이제 그 좋은 일에서 벗어났지. 자네의 도움이 좀 필요하네."

"제가 뭘 도울 수 있을까요?"

"먼저, 이 원고를 처음부터 끝까지 꼼꼼히 읽게나. 자네가 내용을 다 파악한 다음 나랑 같이 문단 문단을 모두 살펴본 후에 깔끔하게 정리를 하자고. 내가 6월에 캘리포니아를 떠나기 전에 원고를 끝내야 하네. 억지로라도 마감 날짜를 정해야 마칠 수 있네. 자네 학교일도 바쁘겠지만 무엇보다 이 원고에 몰두해주게. 어차피 나도 자네 일을 도우려고 했으니까, 이 일이 다 끝나면 나는 자네의 든든한 버팀목이 되어주겠네. 라케시, 나는 이 원고를 꼭 마무리 짓고 싶어. 자네만이 이 일을 도울 수 있어."

아닐은 계속 말을 이어갔다.

"미라 때문에 일을 계속할 수 없네. 그녀를 찾느라 평생이 걸렸지. 그녀에 대한 막연한 그리움이 내 20대 초반 시절 글쓰기의 동력이었을 정도야. 그런데 막상 미라를 만나고 나니 더 이상 글을 쓰지 못하겠어. 어떨 땐 참 좋은데 대부분은 그렇지 않았어. 이 원고가 내 마지막 노력의 결실이 될 걸세. 이 책을 완성하면 더 이상 안 쓰겠네. 이제 미라와 나만 남을 테고, 그때부터 우린 그녀의 작품에 집중할 수 있을 거야."

"왜 제게 이런 부탁을 하시는 거예요?" 내가 넌지시 물었다.

"자네가 좋아. 자네가 생각하는 방식이 맘에 든다고. 이제 자네의 글도 좋아. 좋은 결과를 얻을 것 같은 느낌이 들어. 자네의 열정을 이 책 안에서 불살라보게."

나는 이런 말을 들으니 기분이 좋아졌다. 한편 아닐이 보이는 모습과 태도에 슬퍼졌다. 그가 나이 들었다는 사실이 확연히 느껴졌다. 앞으로 살아갈 날들이 하루하루 지워지고 있음을 알고 있는 사람 같았다. 물론 우리 모두 알고 있지만, 아닐은 시간의 흐름을 피부로 느끼는 사람 같았다. 아닐의 몸은 서서히 작동을 멈추는 중인 듯했고 정신력도 예전 같지 않았다. 그는 이미 대단한 성공을 거두었지만 이 마지막 책은 정말 대단한 조명을 받으리라는 생각이 들었다.

나는 아닐의 원고를 가방에 넣었다.

"그게 내가 가진 유일한 원고네."

"무슨 뜻이에요?"

나는 컴퓨터와 함께 자라온 세대이고 '백업'이라는 개념을 잘 알고 있었다. 심지어 백업본을 다시 백업하고 그것도 모자라 내 이메일로 파일을 보내 저장하는 게 너무도 자연스러운 일이었다. 원고를 딱 하나만 만들어놓다니, 마치 타이프라이터처럼 이제는 한물 간 사람의 행동처럼 느껴졌다.

"여기에서 읽는 게 좋겠어요."

"가져가게, 그래도 조심하게. 그리고 며칠 있다 여기로 다시 오게." 아닐이 조금 짜증이 섞인 목소리로 말했다.

내 자전거를 향해 걸어가고 있을 때 미라가 등 뒤로 문을 닫고 따라나섰다. 마치 한 달 내내 잠을 못 잔 사람처럼 몹시 지쳐 보였다. 슬립 바바의 아쉬람에라도 가봐야 할 사람 같았다.

"어찌 지냈어요?"

내 말에 미라는 고개를 저었다. 내게 한 발짝 다가서더니 포옹을 해주고 내 입술에 가볍게 키스했다. 미라에 대한 내 감정이 사랑이라고 느낄수록 나는 아닐이 심약한 모습을 드러냈던 특별한 순간들을 떠올렸고 죄스러워졌다.

"너무 힘들었어요. 아닐이 꼼짝도 하지 않으려고 해요. 도대체 무슨 영문인지 모르겠어요. 12월에 뉴욕에 갔을 때 그가 갑자기 우울해하고 감정 변화가 심했어요. 수년간 혼자 했던 일들도 내게 일일이 도움을 청했어요. 옷을 입거나 화장실 가는 일도. 그러더니 몇 달간은 오래전에 시작했던 일을 이제야 끝내는 거라며 작업에 미쳐 있더라고요. 하루에 열네 시간이나. 초고를 다 쓴 다음에 캘리포니아로 돌아가자고 그러더라고요. 바로 며칠 전에 왔어요. 그때 점심 초대 일은 정말 미안했어요. 아닐과 내가 부끄럽게 행동했어요. 내가 곁에서 도움을 주고 기뻐하며 살아왔는데, 아닐이 우리 둘을 진흙 구덩이로 끌고 들어가고 있다는 사실을 깨달았어요." 그녀가 말했다.

"두 분께서 언제 전화를 줄까 궁금해하던 참이었어요."

"전화하려고 했어요. 그런데 안 하는 편이 낫겠다는 생각이 들었죠. 상황이 좋지 않았어요. 아닐은 우리가 여기 오면 당신이 원고 집필을 도와줄 거라는 생각이 들었나 봐요."

"당신이 하지 않은 일이라면 나로서도 어찌할 수 없을 거예요."

"나는 읽어보지도 않았어요. 아예 못 보게 했어요. 옛날에 도와주던 분과 원고 정리를 하더군요."

원고를 읽어볼 생각으로 들떠 있었는데 왠지 부담이 되기 시작했다.

"나를 긴장시키는군요."

"그럴 필요 없어요. 그냥 솔직하게 얘기하면 돼요. 아닐은 그걸 원할 뿐이에요."

나는 자전거를 향해 몸을 돌렸다.

"그런데―" 미라가 내 팔을 잡으며 말했다. "당신 소설이 정말 좋았어요. 구탐이 자살을 시도한 이유는 확실히 모르겠지만요. 부모가 그렇게 나쁜 사람들도 아니잖아요. 그럼에도 불구하고 유머와 상실감이 완벽하게 어우러져 있었어요. 아닐이 당신 원고를 다시 읽어달라고 했을 때는 부럽기까지 했어요. 당신이 쓴 이야기도 질투가 날 정도고요."

"그렇게까지 말해주시니 정말 고마워요." 소설에 대해 더 묻고 싶었지만 더 시급히 알고 싶은 일이 있었다. "왜 아닐이 바로 안에 있는데 내게 키스한 거죠?"

"라케시, 나도 모르겠어요. 정말 모르겠다고요."

나는 몸을 앞으로 숙여 미라에게 키스했다. 그녀의 입술에 입맞춤하는 순간 내가 아닐에게 느끼던 죄책감과 미라에 대한 분노는 사라졌다.

"며칠 있다 다시 올게요. 보고 싶었어요."

긴장과 흥분에 차서 나는 재빨리 자전거 페달을 밟았다. 나는 곧장 집으로 돌아가 책상에 원고를 꺼내놓았다. 대학원 다닐 때부터 고대했던 순간이었다. 죽은 이의 기록물이 아니라, 펄펄 살아 있는 사람의 원고가 내 앞에 있는 것이다. 나는 마치 주변에서 일어나고 있는 복잡한 문제들에 대한 답이라도 찾는 사람처럼 원고를 빠르게 읽어 내려갔다.

처음 몇 페이지에서 아닐은 인생 후반기의 모습을 들려주었다. 작가의 길을 걷게 해주었던 자서전 형식의 글쓰기로 돌아가 있었다. 그는 비교적 젊은 나이에 출판의 기회가 주어진 이유가 나름의 창작 방법의 참신함 때문이었음을 깨닫게 되었다. 아닐의 삶을 담았던 책 몇 권도 그런 경위로 출간되었다. 나르시시즘에 빠질 것 같아 두려워진 그는 자신의 얘기로부터 멀어졌다. 그런데 이제는 집으로 돌아왔고, 자신의 얘기를 다시 시작한 것이다. 첫 책에 담았던 첫 20년간의 이야기를 회상하고 있었다. 그때보다 더 많이 냄새 맡고, 더 많이 듣고, 인생의 맛을 훨씬 더 잘 아는 나이 든 화자의 관점으로 서술했다. 지난 40년간 아닐은 첫 책을 들춰본 적이 없었고 지금도 그럴 의도가 전혀 없다고 했다. 기대해도 좋을 거라는 말처럼 들렸다.

그럼에도 원고는 별로 흥미롭지 못했다. 거칠게 써내려간 글들이 여러 페이지에 널려 있었고 불완전하게 끝난 문장들에 담긴 사유들을 유추해내기도 쉽지 않았다. 너무 익숙하긴 해도 소재 자체는 흥미로웠다. 아닐은 같은 소재라도 노년의 눈으로 바라보면 새로운 지혜를 길어 올릴 수 있다고 믿은 모양인데, 이 원고는 예전에 썼던 글들 여기저기서 긁어모은 짜깁기처럼 보일 뿐이었다. 이미 정점을 찍은 음반과 다르지 않았다. 책, 혹은 아닐의 삶은 이미 새로운 통찰력을 기대하기 힘들 정도로 지쳐 있었다. 기력이 다 빠져나간 것 같았다. 아닐은 책에서 특별한 시도를 하지는 않았지만, 삶과 가족, 조국을 더 깊은 시선으로 응시함으로써 더 써야 할 것들을 찾아낸 듯했다. 비록 같은 사람과 장소에 대해 계속 중언부언했지만 이전 책에서 설명하지 못했거나 희미하게 처리한 인물들을 새 원고에서는 세세하게 언급해 보강했다. 후반부에서도 미비한 부분들을 세심하게 채워 넣었는데 아닐의 삶의 정원에 새로이 등장하거나 떠나간 사람은 없었다. 게이 사촌에 관한 대목도 큰 충격을 주지 않았다.

이런 생각을 하며 원고를 읽었는데 아닐에게 솔직히 감상을 털어놓을 수는 없는 노릇이었다. 글쓰기 경력이라고 해봐야 대학생 때 고작 100달러짜리 상금을 받은 이력이 전부인데, 지금까지 출간한 책이 두 자리 숫자인 작가에게 주제넘게 그런 말을 할 수 있을까. 그래도 운에 맡기고 솔직하게 말해야 한다. 거짓으로 칭송을 늘어놓으면 귀신같이 냄새를 맡을 터였다. 나는 속으로 말하기 연습을 했고, 이 책이 성공하거나 실패할 경우 아닐과 미라의 관계가 어떻게 될까 궁금하기도 했다. 짐작건대 아닐은 내 솔직한 평에 감사하며 전문가 의견을 경청하기 위해 원고를 편집자에게 보낼 것이다.

나는 그날 저녁에 원고를 다 읽었지만 며칠 동안 아닐에게 연락하지 않았다. 생각을 정리할 필요가 있었고 원고 내용이 내 안에 깊이 스며들기를 기다렸다.

내 감상을 말했을 때, 아닐이 격한 분노를 표출하거나 논쟁을 걸어오리라 생각했지만 예상과는 달리 그는 그냥 앉아 있었다. 이미 예전부터 느끼고 있었지만 차마 인정할 수 없었던 사실을 새삼 확인하고 있는 사람처럼 보였다.

"작가로서 바닥을 드러냈다는 말인가?"

"절대 그런 의미로 한 말은 아니에요. 그냥, 뭔가 정확한 방향을 못 잡았다는 느낌이 들었어요." 내가 말했다.

나는 아닐의 저서를 이미 다 읽었다. 내장 깊숙한 곳에서 끓어오르는 생각을 솔직히 말한다면, 아닐은 많은 말을 하고 있지만 정작 해야 할 말은 빠뜨린 느낌이 들었다. 새 원고뿐만 아니라 아닐이 쓴 모든 책이 그랬다. 정확히 뭐라고 말할 수는 없지만 말이다.

"만약에 자네가 미국인 작가처럼 내가 어떻게 부모에게 학대받았는지를 쓰라고 한다면, 나는 그런 작가가 아니라고 말하겠네."

"부모에게 학대받지 않았다는 말인가요, 아니면 그걸 쓰고 싶지 않다는 말인가요?"

"사람들은 어떤 식으로든 부모에게 학대받으며 자라지. 그런 종류의 얘기는 흥미 없네."

"무엇에 흥미를 느끼세요?"

"글쎄, 모르겠네."

"그냥 제 감상입니다. 선생님의 작품을 모르는 세대들이 너무 많아요. 이 책이 선생님을 알리는 역할을 하겠죠. 선생님이 쓰신 모든 책과 저 자신이 너무 밀착해 있어서 객관적인 판단을 내리기 어려워요."

"나를 모르는 독자들은 내가 예전에 쓴 책들을 보면 되지. 이번엔 뭔가 새롭게 접근했다고 생각했는데."

분위기가 어색해졌고 우리는 말없이 앉아 있었다.

"걱정하지 말게. 나는 계속 자네를 도울 테니까. 자네처럼 솔직히 말하려면 용기가 필요한 일이야." 아닐은 잠시 멈추더니 다시 말을 꺼냈다. "자네는 무엇을 하든 잘해낼 거야. 내가 자네 나이였을 때 자네처럼 행동했으면 좋았을걸."

"선생님은 제 나이였을 때 낸 책이 베스트셀러가 됐잖아요."

"그렇긴 하지." 아닐은 옛 기억을 떠올릴 필요가 있는 것처럼 말했다.

나는 가려고 일어섰다. "먼저 물어봤어야 했는데, 함께 가려고 샌프란시스코 자이언츠 개막 경기 입장권을 샀어요. 같이 가시겠어요?"

우리는 자주 야구 얘길 했고 아닐이 야구를 얼마나 좋아하는지 알고 있었기에 표를 샀다. 읽을거리를 뒤로하고 아닐과 시간을 보내고 싶었다. 나는 야구 경기를 직접 본 적은 없었는데, 맹인 남자가 스트라이크와 볼, 파울 볼 등을 판단하는 모습 자체가 충분히 흥미로울 터였다.

"아름다운 구장일 거야. 그리고 배리 본즈가 전성기잖아? 당연히 가서 보고 싶지." 아닐이 말했다.

몇 주 후에 우리는 경기장을 향해 차를 몰았다. 믿기지 않을 정도로 화창하고 시원한 평소 샌프란시스코 날씨였고 햇살이 마구 쏟아져 내렸다. 차에서 내려 구장을 향해 걸어가고 있을 때, 웨이페어러 선글라스를 쓰고 던힐 모직 목도리를 두른 아닐은 세련돼 보였다. 맹인임에도 끔찍할 정도로 외모에 신경을 썼다.

"이야, 정말 멋지네요. 빨간 벽돌 건물이 정말 아름다워요." 구장을 보자마자 나는 그렇게 말했다.

관중석 상단 쪽으로 열 줄씩 배치된, 3루 베이스라인을 따라 늘어선 좌석들을 보니 기분이 더 좋아졌다. 머리 위에는 푸른 하늘이 펼쳐졌고, 물빛은 반짝였으며, 마치 샌프란시스코 만 인근 바다에 뜬 배를 타고 있는 것 같았다. 메이저리그 개막 경기가 열리는 팩벨파크 구장은 나처럼 스포츠에 관심이 별로 없는 사람에게 걸맞은 장소였다. 자이언츠 팀은 내가 응원하기에 완벽한 조건을 갖추었다. 자이언츠가 뉴욕에서 샌프란시스코로 옮겨온 역사도 물론 흥미롭지만, 자이언츠의 1964년 선발 라인업을 줄줄 꿸 정도로 열혈 팬이라서 좋아하는 것은 아니다.

"이 표에 4개월 치 월급을 쏟아부은 것은 아니겠지?" 아닐이 자리에 앉으며 말했다.

"솔직히 선생님께 받은 월급도 좀 보탰어요. 따지고 보면 선생님이 표를 산 거나 마찬가지죠." 내가 대답했다.

아닐은 식성이 좋은 편은 아니었는데, 자리에 앉자마자 50달러 지폐를 건네주며 핫도그, 땅콩, 초콜릿 몰트, 맥주 등을 사오라고 부탁했다. 투수가 1구를 던지기 전에 우리는 핫도그를 먹으며 맥주로 목을 축였다. 아닐이 내게 경기 규칙을 설명하는 동안 나는 땅콩을 까서 그의 손에 쥐여주었고 돌아다니며 주문을 받던 스낵바 직원에게 매운 참치롤을 주문했다.

선발 투수가 등판했고, 상대팀인 샌디에이고 파드레스 타자가 타석에 들어섰다. 1회 경기가 시작되자 아닐은 필드에서 들려오는 소리에 온 신경을 집중했다. 나도 몇 분간 그를 따라 눈을 감았다. 소리들이 갑자기 크게 들려왔다. 곁에 있는 사람들이 서로 주고받는 말소리, 장내 아나운서가 타자들을 호명하는 소리, 방망이에 공이 맞고 땅— 하며 튕겨나가는 소리, 포수의 두꺼운 미트 안으로 공이 빨려 들어가는 소리, 핫도그를 파는 남자의 목소리, 맥주를 파는 또 다른 목소리, 그리고 그냥 햇살이 좋아서, 바람이 부드러워서, 영광스럽게도 바로 자신들의 눈앞에서 야구 경기가 펼쳐지고 있어서 들뜬 관중들의 함성에 이르기까지 모두 귓속으로 쏟아져 들어왔다.

조금 전부터 구장 안은 특별한 열기를 품었고 관중들은 흥분의 도가니로 빠져들었다.

"그가 출전했나?"

나는 앞쪽 그라운드를 바라보았다. 멀지 않은 곳에 본즈가 있었는데 단순히 공을 때려내는 역할 이상의 임무를 수행하기 위해 디자인된 것처럼 보이는 멋진 방망이를 흔들며 서 있었다.

초구가 허공을 가르며 날아왔고, 본즈는 있는 힘껏 방망이를 휘둘렀다. 헛스윙. 이어 볼, 볼, 볼, 볼. 그가 1루로 걸어 나갈 때 관중들은 흥분이 일기 전의 상태로 돌아갔다.

초반 몇 회 동안은 그냥 앉아서 경기를 들으며 맥주를 마셨다. 야구 경기를 구장에서 직접 관람하면 함께 이야기를 주고받으며 큰거 하나 터지길 고대하며 기다리는 묘미가 있었다.

4회 말에 접어들었을 때, 아닐은 필드에서 눈을 떼지 않은 채 내게 말했다. "그녀가 헤어지길 원하는 것 같아."

미라 얘기였다.

"누구요?"

"내가 진심으로 사랑했고, 내게 다시 사랑을 돌려준 유일한 여자야." 그는 내 질문에 대답할 마음이 없는 사람처럼 계속 말했다. "만약에 그녀가 떠난다면 적어도 나한테는 뭔가 쓸 게 남는 거지. 내가 소재 빈곤에 빠졌음을 신께서는 아는 모양이야. 자네가 아주 똑똑히 알려준 것처럼."

"제가 그랬다고요?"

"자네가 그랬지."

"떠난다고 직접 말하던가요?"

"아니. 하지만 느낄 수는 있지. 내가 요구 사항이 많으니 인내심이 바닥난 거야. 또 하나, 그녀가 결혼한 사람은 작가야. 그런데 나는 더 이상 작가가 아니니 떠날 만도 하지."

"작가가 아니라 당신이랑 결혼했어요, 아닐 선생님. 선생님이 뭘 쓰든 안 쓰든 상관없을 거예요."

"나는 상관있어."

"좋아요. 그럴 수도 있겠죠. 하지만 미라는 그렇지 않아요. 그러니 걱정할 것 없어요."

"그녀가 떠나는 편이 더 나을 거야. 나같이 늙은 남자랑 뭘 할 수 있어? 그녀는 젊은 사람이 필요해, 앞날이 창창한."

"선생님은 늙지 않았어요. 그녀도 어린 신부가 아니고요."

5회 경기가 시작되었고, 또다시 웅웅거리는 소리가 관중석을 가로지르며 퍼져나갔다.

본즈는 투수가 차라리 볼넷으로 내보낼까를 깊이 생각하기도 전에 초구를 냅다 후려갈겼다. 공은 총알같이 날아가 오른쪽 담장을 훌쩍 넘어갔다.

심지어 내 귀에도 방망이가 내는 쩍— 소리가 들렸다. 마치 나무가 반쪽으로 나뉘며 두 동강이 나는 것만 같았다. 짧은 침묵에 이어 함성이 터져 나왔다.

"정말 잘 쳤네. 이제 더 빠른 속도로 베이스를 도는 데만 집중하면 되겠어." 아닐이 말했다.

8회에 접어들어 경기가 막바지에 이르렀을 때 주변 사람들이 점점 빠져나가 빈 좌석이 늘었다. 주변 공간이 넉넉하고 편해졌다.

"내가 어떻게 장님이 됐는지 아는가?"

자세한 사정은 나도 몰랐다. 그의 글에서 불행하게 얻은 질환이라고 언급했지만 이는 트라우마로 표현된 적이 없었기에 그저 사실에 불과했을 뿐이다. 가족들이 그의 장애를 운명으로 치부했음을 암시하긴 했지만, 아닐은 자신을 신들의 잔인한 농담거리로 받아들이고 싶지 않았기에 별로 동의하지 않는 것 같았다.

"풍진이었나요?"

"그런 종류였나 봐. 내 책에는 태어나는 과정에서 병을 얻은 것 같다고 썼지. 생후 6개월 때부터 눈이 멀었다고 믿으면서 자랐다고. 책을 쓴다는 것은 참 웃기는 일이야. 기억을 재편성하지. 독자들은 책을 읽고 작가와 똑같은 기억을 품게 돼. 글 쓰는 사람은 서로 다른 자아를 가진 인물들을 빚어내면서 스파이가 된 느낌을 받기도 하고.

그런데 진실은 두 살 때까지는 내가 눈이 멀지 않았다는 거야. 당시 우리 가족은 시골에 살았지. 아버지는 공무원이었고 어느 벽촌에서 세금징수원으로 붙박여 살았지. 우리는 잘 꾸며진 정부 관사에서 살았어. 정말 편안한 삶이었어. 난 첫 아이였고 겉으로 보기에 나무랄 데 없는 삶이라 우리 부모는 너무도 만족했지. 나중에야 보이는 게 다가 아니라는 사실을 깨달았지만, 안팎의 사정이 다 중요하다는 걸 모르지는 않았어.

나는 엄청 보채는 아이였대. 잠도 잘 안 자고 감기도 잘 걸리고. 한번은 밤새 소리를 지르고 아침까지 칭얼거렸다는 거야. 그날 아버지는 지방으로 출장을 가야 해서 일찍 집을 나섰고 늦게야 돌아올 예정이었어. 아버지는 출장을 가고 싶지는 않았지만 그렇다고 아기가 종일 울어대는 집에 있고 싶지도 않았지. 그날 어느 시점부터 어머니는 너무 지쳐서 나를 그냥 울게 놔뒀대. 그렇다고 나를 버려두진 않았어. 내가 울음을 그치지 않았던 지난 2년간 아기가 눈물을 흘려도 잠깐 눈을 붙이는 법을 터득한 거지. 걸음마를 배우는 나이대의 아이가 울부짖어도 잠을 잘 수 있는 강한 여자란 얘기야.

아버지는 그날 밤에 돌아오셨어, 지치고 배가 고픈 채로. 다음 날 아침, 아버지는 기차를 타고 멀리 가야 하지만, 나를 데리고 병원에 갈 생각을 하셨대. 그런데 먼저 끝내고 가야할 일이 생겼던 거야. 부담이 되긴 하지만 그렇게 중대한 사안은 아니었는데 말이야. 만약에 나를 병원에 데려가면 하루를 그냥 날리니까 미뤄둔 거지. 전에도 병원은 몇 번 가본 적이 있었고, 내가 두 살쯤 되면 더 나아지리라 굳게 믿으며 집으로 돌아오곤 했지. 그때는 그걸 칼릭(Colic: 유아의 배앓이, 결장―옮긴이)이라고 부르지 않았어. 단지 세상과 자신의 몸을 가르는 막이 늦게 형성되는 아이라서 그렇다고 말했대. 의사의 표현을 떠올리면, 기가 막힐 뿐이지.

어찌되었든 아버지는 일을 먼저 끝내기로 작정했어. 아버지가 나를 병원에 데려갔을 때는 나는 이미 사흘 동안 울부짖은 뒤였고 너무 늦어버렸어. 염증이 생겨 구석구석 퍼졌고, 이미 깊게 자리를 잡은 뒤였지. 의사가 항생제를 처방했지만 그때는 이미 병색이 완연했고 희망이 없었어. 주말이 됐을 때 내 시력은 완전히 암흑의 세계로 들어섰대. 재밌는 게 있어, 궁금하지? 바로 질긴 울음소리가 뚝 그쳤다는 거야. 어둠 속으로 들어서고 더 이상 내가 받아들였던 세상의 속도대로 살 필요가 없어지자 말이 없는 옹알이 아기가 되어버린 거지.

우리 부모는 그후로 예전 같은 삶을 살지 못했지. 평생 죄의식에 시달렸어. 아버지는 일 때문에 자식한테 소홀했기에 죄스러웠고 어머니는 내가 눈이 멀기 시작했을 때도 잠을 잤다는 사실에 괴로워했어. 내 생각에는 그때 일어난 일로 부모의 여생이 바뀐 것 같아. 나를 어떻게 돌봐야 하는지, 또 다음에 태어나는 아이들은 어찌 돌봐야 하는지 같은 생각들이 늘 따라다녔겠지."

"그걸 어떻게 다 아셨어요?"

"아버지가 돌아가시기 전에 말해줬어. 임종 전에 다 털어놓을 기회가 있었거든. 내게 고백하면 당신에게 평화가 올 거라고 생각한 듯한데, 그렇지 않았어. 마음속에 너무 오래, 또 깊게 비밀을 품고 있었고, 죽기 며칠 전에 고백하고 얻은 홀가분함보다 살면서 생긴 생채기가 훨씬 많고 깊었을 테니까. 평화롭게 눈을 감을 수 없는 죽음을 마주하기란 힘든 일이지. 그런 고통을 겪는 사람이 아버지라면 더욱 그래.

내 생각에는 이게 내가 써야 할 마지막 책이야. 이 책의 출간은 내가 더 진실해지는 것을 의미하지. 동시에 내가 썼던 것을 다 부정한다는 뜻이기도 하고. 내 인생의 서막은 반반의 진실에 기반을 두고 있었어. 아버지는 내가 스물여덟 살일 때 돌아가셨어. 내가 책 한 권을 냈을 때지. 그후에 출간한 책에서도 나는 진실을 알면서도 내가 쓴 내용을 한 번도 수정하지 않았어. 거짓을 계속 고수한 거지."

"왜 그걸 안 쓰세요?"

"결국 내 부모가 무책임한 부모란 사실을 까발리는 행위니까. 나는 몇 년 동안 진실을 숨겨온 것이고."

"부모님은 무책임한 분들이 아니었을 거예요. 그냥 생활에 지쳤을 뿐이에요."

"무책임하지 않다니. 나는 시력을 잃었는데?"

"그리고 선생님은 거짓말을 하지도 않았어요. 사실을 말하지 않거나 쓰지 않았다고 하셨는데, 이건 책에 국한된 문제일 뿐이에요."

내가 생각하기에 그 책의 주제는 이렇다. 부모 자식 간 인생의 꼬인 실타래, 우리가 생존하기 위해 숨기는 진실. 내가 소설을 통해 드러내고 싶었던 주제이기도 했다. 문제는 나는 그런 삶을 살아보지도 않았거니와 그런 이야기를 만들어낼 상상력도 없었다. 아닐은 둘 다 갖고 있었다.

"미라는 이 일을 다 알고 있나요?"

아닐은 고개를 저으며 아니라고 했다.

나는 아닐이 왜 나를 믿고 이런 이야기를 들려주었는지 이해하지 못했다.

"이 이야기를 꼭 쓰셔야 해요." 내가 말했다.

경기가 끝나고 우리는 야구장을 벗어났다. 아닐은 기분이 몹시 좋아 보였다. 가톨릭 신자들이 고백성사에 집착하는 이유를 알 것만 같았다. 그때 아닐이 내게 어떤 존재였는지는 아직도 확실하지 않다. 아마도 나는 아버지를 등에 업고 마을과 마을을 돌아다니며 봉양하는 20세기 후반의 효심 많은 아들처럼 보였을 것이다.

그로부터 며칠 동안 아닐은 자기 이야기를 받아쓰게 했다. 문장을 짓기 위해 10분이나 20분간 말했고 피곤을 느끼자 집중하지 못했다. 나는 성공한 작가들의 고충은 전혀 몰랐는데, 말하고 싶은 것을 긴 문장들과 단락들에 꼬박꼬박 채워 넣으려면 마땅히 오랫동안 뜸을 들여야 할 거라고 짐작했다.

일주일에 사흘간 세 시간씩 일했음에도 우리는 채 다섯 장도 완성하지 못했다. 무엇 하나 빛나지 않았을 뿐 아니라 헛된 조각들과 면밀한 계획 없이 덧붙인 요소들만 가득했다.

"우리 좀 쉬도록 하지. 다음 주에 하세나." 내가 원고 일부를 읽어주고 있을 때 아닐이 말했다.

그는 출간 계획을 포기하겠다는 말은 하지 않을 만큼 충분히 자존감이 살아 있었다. 아닐은 쉬었다가 다시 와서 새롭게 시작할 준비를 했다.

"형편없어. 쓰레기 같은 글이야." 하지만 금방 이렇게 말했다.

나는 아닐이 야구장에서 했던 이야기들이 왜 원고로 옮겨지지 않는지 이해할 수 없었다. 그에게 들은, 가장 압도적인 이야기였다. 그런데 종이와 펜이 앞에 놓이자 아닐은 뭔가 말문이 막힌 사람 같았다. 아마도 털어놓기에 너무 고통스러운 이야기인 것 같았다. 어쩌면 아닐은 한 문장을 완성하고, 마침표를 찍고, 잠깐 숨을 쉬고, 다음 문장으로 넘어가는 고된 일을 해내기에는 너무 늙었는지도 모른다.

월요일에 내가 찾아갔을 때 아닐은 보이지 않았다. 느닷없이 찾아간 게 아니라 정해진 일정에 따른 방문이었기에 나는 그냥 노크를 하고 안으로 들어섰다. 평소에 아닐은 차를 마시며 앉아 있었는데 그날은 보이지 않았다.

"아닐 선생님?"

"라케시." 집 뒤쪽에서 내 이름을 부르는 소리가 희미하게 들렸다.

"아닐 선생님?" 나는 목소리가 들려오는 쪽을 향해 걸으며 말했다.

"여기 있어. 화장실 안에."

"천천히 하세요."

"그게 아니야. 여기로 좀 와줘야겠어." 그가 말했다.

"괜찮으세요?"

"이리로 좀 와주게."

나는 천천히 화장실 문을 열었다. 아닐은 변기에 앉아 있었는데, 바지가 발목까지 흘러내려 있었다. 그를 안 본 며칠 사이 아닐은 뉴욕에서 보인 모습을 떠올리게 할 만큼 변해 있었다. 면도도 하지 않았고 턱수염이 희끗희끗해 거의 죽어가는 사람처럼 보였다.

"여기 얼마나 오래 계셨던 거예요?" 내가 물었다. 뭔가 잘못되었다.

"30분. 아니면 한 시간. 일어설 수가 없어. 소변을 보려는데 다리에 힘이 없어서 앉았어. 그런데 다리가 이제 말을 안 들어."

말하기나 생각하기 기능은 겉모습보다 훨씬 안정돼 있었다.

"어떻게 도와드릴까요?"

"나를 일으켜 세워서 바지 좀 올려줘. 혼자 못하겠어."

나는 아닐에게 다가갔고, 겨드랑이 안으로 팔을 넣어 그를 들어 올릴 준비를 했다. 죽은 사람의 몸처럼 가볍게 느껴졌다.

"셋 셀 때, 일어나 보세요."

셋을 세며 나는 그를 들어 올렸다. 아닐은 몇 초간 지탱하는 듯하더니 약간 기우뚱거렸다.

"내 바지를 좀 올려주게, 이게 내 마지막 부탁이네."

나는 무릎을 꿇고 바지와 평범한 하얀색 면 팬티를 손으로 쥐었다. 바지를 끌어올림과 동시에 그와 나를 위해 시선을 그의 사타구니에서 최대한 멀리 떨어진 데 두었다. 그의 바지를 끌어 올리면서 내 고개가 돌아가고 말았고 막판에 시선이 바로 거기에 멈추고 말았을 때 나는 두 다리 사이에 있는 너무도 작은 성기를 보고 말았다. 나이 듦이란 결국 소멸의 잔인함을 서서히 드러내는 현상이겠지만, 그게 모두 나이 때문인지는 확신할 수 없었다.

나는 아닐의 바지 단추를 채워주었고 우리는 바로 화장실을 나와 걷기 시작했다. 몇 걸음을 떼는 동안 그는 내 팔을 잡았지만, 곧 혼자 걷기 시작했다.

"도대체 무슨 일이 일어났었는지 모르겠네. 아까는 걸을 수 없었는데, 지금은 혼자 걷고 있다니." 아닐이 말했다.

"의사를 부를까요?"

"아니, 아니야. 그냥 오늘 하루는 쉬도록 하지. 낮잠도 좀 자고." 아닐이 말했다.

"주무실 동안 저는 여기 앉아 있을게요."

아닐은 고개를 저었다. 내가 앉아 그를 지켜보는 것은 선택 사항이 아니었다.

"다음에 연락하겠네. 지금부터 일은 잠시 멈추고 쉬기로 하지." 아닐이 말했다.

아닐의 집을 나와서 나는 자전거를 끌고 몇 블록을 걸었다. 급격히 쇠락한 남자의 성징을 두 눈으로 목격한 데서 생긴 울적함과 그가 정확히 누구였는지 모르겠다 싶을 정도의 혼란이 내 안에서 마구 뒤섞이는 것만 같았다.

며칠 후에 미라가 내 휴대전화로 연락을 했다. 집에서 연구 논문을 보고 있을 때였다.

"라케시, 당신을 꼭 좀 만나야겠어요. 집에 있나요? 잠깐 들러도 될까요?"

나는 내 작은 원룸을 둘러보며 뉴욕에 있는 그들의 집을 떠올렸다. 그때 나는 차고 3층에 있는, 채 여덟 평도 안 되는 원룸에 살고 있었다. 비스듬한 천장이며 벽 한쪽을 차지하고 있는 뿌연 유리창, 그리고 지저분하게 보풀이 인 카펫이 눈에 들어왔다. 처음 세를 들었을 때만 해도 여기에서 멋진 소설을 쓰고 있을 나를 상상했고, 1년 뒤에는 아주 작은 3층 원룸에서 첫 소설을 썼다고 회상하게 되리라 여겼다. 그런데 소설은 시작도 못했고, 봄은 오고 있었고, 덥고, 어수선하고, 눈을 씻고 봐도 특징이라곤 없는 집에서 살고 있었다. 미라에게 이런 집을 보여주고 싶지 않았다.

"내가 갈게요. 어디에 있는지만 말해주세요." 내가 말했다.

"사람들 눈에 띄기 싫어요. 말해줘요, 어떻게 가야 하는지."

10분쯤 지나 미라가 방문을 노크했다. 그녀는 울고 있었고, 안으로 들어오자마자 우리가 처음 진지하게 대화할 때 크게 소리 내어 웃었던 것처럼 내게 다가와 큰 소리로 울음을 터트렸다. 우리는 접이식 의자 끝에 걸터앉았다.

"끝났어. 더 이상은 못하겠어. 눈으로 봐서 알 거에요. 아닐의 상태가 점점 나빠져요. 어느 때보다 내 도움이 필요한 상태인데, 하나부터 열까지 말이에요. 날이 갈수록 점점 더 장님이 되어 죄다 포기한 사람처럼 행동해요. 나는 기쁜 마음으로 도우려 하는데 아닐은 어떤 도움도 원치 않아요. 우리가 만날 때 이미 나이 차이가 있다는 사실은 알았지만, 요즘은 마치 죽어가는 아버지를 돌보는 심정이에요. 그게 싫진 않아요. 그런데 내게 툭하면 악을 써요. 방금 전에도 내게 떠나라고, 당신에게 가서 불만을 쏟아놓으라고 악을 써댔어요." 그녀가 말했다.

지금에야 확신하는 바지만 어인 일인지 아닐은 미라를 내게 떠밀었다.

그녀는 내 팔에 매달려 울었다. 나는 따뜻한 그날 오후에 미라의 옷을 벗기고 키스를 하고 싶다는 생각만이 간절했다. 물론 이 도시에서 미라가 알고 있는 사람은 많지 않았다. 그래도 이유가 있어 다른 사람 아닌 내게 달려온 것이었다.

울음을 잠시 멈추었을 때, 미라는 고개를 들어 사과했다.

"도대체 우리는 뭐죠? 서로에게 기대어 울기나 하고."

미라의 얼굴은 눈물범벅이었고, 눈은 퉁퉁 부어 있었고, 코 밑도 젖어 있었다. 나는 다가가 키스했다. 그녀도 열정과 절박한 심정을 담아 내게 키스했는데, 적어도 이 순간만은 이렇게 해도 괜찮다고 말하는 것만 같았다. 바닷가에서 키스할 때는 나를 거부하는 느낌이 들었는데 지금은 아니었다. 너무도 오랫동안 간절히 바랐던 것을 얻게 된 사람처럼 나는 두려움마저 느꼈다.

미라의 옷을 다 벗겼을 때 나는 어쩔 수 없이 아닐을 떠올렸다. 그는 지금 내가 보고 있는 포동포동한 젖가슴과 유두의

자줏빛, 두 다리 사이에 드리워진 짙은 색조를 보는 기쁨을 누리지는 못했으리라. 나는 몇 초간 그녀를 그냥 바라보았다.

"왜 그렇게 봐요?"

"꿈은 아니죠?"

미라는 웃으며 내 머리를 끌어당기더니 내 몸을 아래로 당겼다. 나는 오랫동안 그녀의 온몸을 혀와 성기로 애무했다. 나는 1년 전에 사두었던 콘돔을 찾으려고 손을 뻗었다.

"아니, 아니에요." 미라가 말하며 나를 다시 끌어당겼다.

그녀와 나는 어쩌면 무모하게 행동했는지도 모른다. 나는 분별력이 없는 사람은 아니다. 하지만 당시의 나는 무분별했고, 지금의 나는 그렇지 않을 뿐이다. 어쨌든 그때 나는 망설이지 않았다. 미라의 벗은 몸이 내 정신의 일부를 마비시킨 탓이 아니었다. 내게 어떤 결과가 주어질지라도 다 받아들이고 살 수 있을 것만 같았다. 심지어 아이가 생기거나 마음에 불이 붙어 화상을 입는다 해도. 부모님은 서로 헤어졌고, 나는 형제도 없었다. 세상에 나 혼자 남겨진 기분이었지만, 미래가 있는 삶을 바랐다.

미라의 몸에 들어갔을 때, 나는 페드로가 뉴욕 메츠에서 뛴다는 이야기에 필사적으로 집중하려고 안간힘을 썼다. 잠시 후 미라가 쾌감을 극대화하기 위해 내 몸 위로 올라와 체위를 바꿨다. 그녀는 머리를 내 어깨 쪽으로 숙였고, 내 눈에는 천장만 보였다. 미라는 더욱더 강렬하게 몸을 움직였고 나는 황홀경을 맛보았다. 하지만 그녀는 마치 뭔가 잊기 위해 몸부림을 치는 것처럼 느껴졌다. 절정에 이르렀을 때 미라의 머릿속은 너무도 많은 생각으로 가득 차서 완벽하게 몰입하지 못했다. 내가 성기를 빼려는 순간, 그녀는 내 몸을 끌어당기며 질내 사정을 고집했다.

섹스가 끝나고 침대에 누운 미라는 그제야 원룸을 눈으로 둘러보았다.

"이렇게 작은 데서 어떻게 살아요?" 그녀가 물었다.

나는 미라에게 단지 순간의 도피처 같은 존재라는 걸 알았다. 그렇다고 해도 향긋한 몸 냄새를 맡으며 키스하는 행복감은 짜릿하기만 했다. 나는 손가락으로 미라의 부드러운 두 허벅지를 위아래로 쓸었다.

"또 할까요?" 나는 30분 후에 이렇게 물었다.

"좋아요. 젊은이의 넘치는 에너지를 잠시 잊었어요." 그녀는 웃으며 말했다.

두 번째 섹스에서 미라는 더 강하게 쾌락을 느꼈고 나는 덜 긴장했다.

우리가 막 섹스를 끝낼 무렵 아닐은 다른 동네에 있었다.

집을 벗어나 지난 몇 달 동안 익숙해졌던 거리를 혼자 걷고 있었다. 그와 내가 처음으로 산책을 하다 멈춰 섰던, 지나가는 차량의 종류를 알아맞힌 바로 그 지점이었다.

아닐을 차로 치었던 트럭 운전수는 거기 서 있는 아닐을 보았다고 했다. 아닐은 마치 신호등이 녹색으로 바뀌길 기다리며 서 있는 사람처럼 보였다고 경찰에게 말했다. 차가 거기에 이르렀을 때 운전수는 분명 신호등을 기다리고 있던 그를 보았지만 볼보 트럭 운전석이 너무 높아 차가 아닐 옆을 지나칠 때는 차도로 걸어 들어가는 아닐을 보지 못했다고 말했다. 그냥 충돌하는 소리만 들었다고 했다.

미라가 전화를 받았을 때 우리는 침대에 누워 있었다. 경찰은 대학 센터 책임자에게 전화를 했고, 전화를 받은 사람이 미라에게 연락했던 것이다.

"저도 지금 병원으로 가는 길입니다. 사고가 났어요." 남자가 말했다.

나는 미라를 차에 태워 병원으로 갔고, 아닐의 다리가 또 풀려서 집에서 넘어졌을 거라는 생각을 했다. 아마도 엉덩이 뼈가 금이 갔을지도 모를 일이었다.

응급실에서는 의사와 경찰관 두 명이 우리를 기다리고 있었다. 아닐은 병원에 실려 오는 동안 죽었다. 부상이 너무 심했다. 그들이 아닐이 어떻게 죽었는지 설명하는데, 나는 전혀 알아들을 수가 없었다. 나와 전혀 상관없는 사람 이야기를 듣는 것만 같았다.

경찰은 미라에게 왜 아닐이 보호자 없이 혼자 걷고 있었느냐고 물었다. 누구든 묻고 싶었던 질문이었다.

"혼자 나가면 안 된다는 걸 그도 알아요." 미라가 말했다. "그런데ー" 그녀는 마치 단어를 하나씩 하나씩 뱉어내는 사람처럼 계속 말했다. "그 사람이 하루 종일 내가 이래라저래라 해야 하는 아기는 아니잖아요."

미라와 나는 경찰에게ー심지어 서로에게도ー사고가 난 곳은 아닐에게 너무도 익숙한 장소이며 아닐이 엔진 소리만으로도 어떤 차인지 알아맞힐 정도로 특별한 감각을 가졌다는 말은 하지 않았다.

공식 발표로는 사고사라고 했다.

다음 주 내내 나는 미라를 도와 화장에 필요한 절차를 밟고 장례식을 준비했다. 우리는 함께 시간을 보냈지만, 미라는 내가 단지 자신을 도울 수 있도록 곁을 허용한 사람처럼 보였다. 내게 눈길도 주지 않았고 어떤 대화의 문도 열어두지 않았다. 비록 우리가 나눈 섹스가 미라에게는 순간의 도피에 불과했을지 몰라도, 나는 달랐다. 몇 번의 키스를 나누면서 느껐던 친밀한 감정으로 미루어 우리가 언제든 그토록 황홀한 시간 속으로 돌아갈 수 있으리라 믿었다. 하지만 아닐의 죽음을 알게 된 순간, 모든 가능성이 닫혀버렸다.

센터가 주관해서 치른 장례식은 마치 작은 문학 모임 행사 같았다. 아닐과 친분이 있던 작가들이 여러 나라에서 몰려들었다. 그들은 아닐과, 아닐 자신이 의구심을 품기 시작했던 그의 작품들에 대해 말했다. 미라네 부모와 아닐의 두 여동생도 참석했다. 나는 장례 의례가 진행되던 캠퍼스 교회의 뒷좌석에 앉아 모든 걸 지켜보았다. 미라는 친구들과 가족들에게 둘러싸여 자세를 바로한 채 앞에 앉아 있었고 어느 누구에게도 나를 소개하지 않았다.

장례식 바로 다음 날 미라는 자기 짐과 유골이 담긴 항아리, 300페이지짜리 미완성 원고를 챙겨 들고 뉴욕으로 떠나기로 했다. 미라가 함께 떠나자고 할지도 모른다 싶어 마음 한편에 희망이 솟았지만, 그렇게 하지 않으리란 사실을 나는 이미 알고 있었다. 미라는 두 번이나 불행으로 끝맺은 결혼생활을 마쳤고 오랫동안 누군가와 인연을 맺는 삶에서 떠나고 싶어 했다. 나와도 마찬가지였다.

그럼에도 미라는 내게 공항까지 데려다 달라고 했다. 처음 20분 동안은 장례식에 참석했던 사람들에 대해, 그리고 아닐의 담당 편집자였던 남자가 능숙한 언변으로 아닐의 작품은 편집자가 거의 손 볼 데가 없다고 했던 말을 두고 조금 얘기를 나눴다.

"이렇게 끝난 것에 힘들어하지 말라고 말해줘요. 나는 지금 무서울 정도로 힘들거든요." 공항에 다다랐을 때 나는 어떤 결심이라도 하듯 말했다.

"그런 감정을 느끼지 않으면 당신이 아니죠."

내가 원하던 대답은 아니었지만 틀린 말도 아니었다.

나는 도로에 시선을 고정하며 앞만 바라보고 있었지만, 미라가 눈물을 흘리고 있음을 알았다. 눈동자에 눈물이 맺히는 것을 알 수 있었다. 아닐이 죽고 나서 미라는 내 앞에서 감정을 드러낸 적이 없었다.

"그날 일을 떠올리면 견딜 수 없어요. 그를 혼자 죽게 내버려뒀어요." 미라는 잠시 말을 멈췄다. "우리가 그를 혼자 죽게 내버려뒀다고요."

미라는 죄책감을 느꼈고 그걸 당연시했다. 나 역시 마찬가지였다. 하지만 지금의 나는 그때 느꼈던 죄의식을 가지고 있지 않다. 아닐과 미라는 수년간 행복한 시간과 힘든 시기를 함께 보냈고, 나는 두 사람이 막 힘든 시간을 보내던 무렵 그들의 삶 속으로 걸어 들어갔다. 내가 끼어들던 순간 아닐과 미라는 끝을 맺기 시작한 것 같았다.

공항에 도착했을 때 나는 구태여 차를 주차장에 세우지 않았다. 길 모퉁이에서 차를 잠시 세웠고 다시는 미라를 볼 수 없으리라 여겼다. 그녀는 다음에 아버지를 만나러 뉴욕으로 오는 길에 연락하라는 말조차도 남기지 않았다. 미라는 나를 포옹하더니 슬픔을 안은 채로 공항터미널 안으로 사라졌다.

지난 9개월은 거의 나무랄 데 없었다. 밤낮으로 부지런히 읽고 그저 그런 교직원 자리를 얻거나 작은 출판물이라도 내기 위해 애쓰는 대학원 동기들에 비하면 내가 훨씬 명예롭고 이상적으로 살고 있다고 여기며 위안을 삼았다. 내가 그들보다 나은 사람이라고 생각했기에 동기들과 지인들을 멀리했다. 그래서 미라가 눈앞에서 사라지자마자 공포에 가까운 외로움을 느꼈다. 아닐은 죽었고, 내겐 죄의식이 남았고, 내가 사랑했다고 생각했던 여인은 내 존재조차 의식하지 않았다. 그리고 이런 대화를 나눌 사람이 주변에 아무도 없었다.

한 달 뒤 커다란 박스 하나가 우편으로 배달되었다. 아닐이 출간했던 양장본 책들의 초판이었다. 크리스마스 이틀 뒤의 날짜와 함께 내 아버지에게 드린다는 작가 서명이 새겨진 증정본이었다. 미라의 메모가 동봉되어 있었다.

"이 책들을 당신에게 꼭 보내드리고 싶었어요. 잘 간직해줘요. M."

아닐이 내게 무엇을 남겼는지는 언급하지 않았다. 그가 이미 내게 선물을 줬다는 사실을 나는 새삼 느낄 수 있었다. 세상에서 가장 아름다운 여인과 함께한 오후, 내가 간절히 원했던 것. 그런데 지금은 훨씬 더 많은 것을 받았음을 깨닫는다.

여름에 나는 아무 데도 가지 않았다. 사실은 대학원을 그만둘 생각이었다. 하지만 2년을 더 공부할 수 있는 장학금이 남아 있었기에 대학원에 그냥 남기로 마음을 바꿨고, 필요한 일만 하면서 내가 정말 쓰고 싶은 것에 시간을 쏟기로 결정했다. 2년이 다 지날 즈음 나는 300페이지에 달하는 원고를 완성할 수 있었다.

아닐이 죽고 미라는 떠나고 나는 원룸의 비스듬한 천장을 벗삼아 남은 2년을 잘 보내야겠다는 생각으로 책상에 앉았다. 아닐의 죽음과 내 기억 속에 완벽한 여자로 남아 있는 미라, 그리고 아닐이 눈이 멀게 된 사연을 염두에 둔 나는 빠르게 써내려가기 시작했다. 힘이 부칠 때는 가족과 나를 되돌아보았다. 작가들과 화가들에게는 결실이 좋은 해가 있다. 나한테는 그때가 풍성한 시절이었다. 거친 초고에 불과했지만, 함께 나눈 대화들, 무심코 스쳐 지난 것들, 내 마음속에 계속 차오르는 것들을 부여잡고 기억의 결을 하나하나 다듬어갔다. 페이지에서 페이지로 막힘없이 술술 써내려갔다. 눈을 한 번 깜빡일 때마다 단어 500개가 눈앞에 나타날 정도였다. 몇 년 후에 나는 대학원을 떠나 부모님 아파트로 이사를 갔고, 여기 저기에서 강사 일을 하면서 틈이 날 때마다 초고의 첫 페이지부터 다듬어 나갔다. 큰 덩어리의 기억들과 소소한 사건들을 깔끔하게 손질해 변형시켰고 이야기를 조금 덧붙였다.

단편들과 에세이도 썼다. 장편도 반을 끝냈다. 이어 소설을 끝내고 교정을 봤다. 깔끔하게 정리한 600페이지 분량의 원고를 하드 드라이브에 저장했다. 소설을 발표했다. 연이어 두 번째, 세 번째 작품까지. 내 길을 막힘없이 잘 걷고 있는 기분이 들었다. 학벌도 좋고, 유명 작가들과 친근하게 지내고, 게다가 책 프로필 사진도 마음에 들어 흡족했다.

헬렌이 샌프란시스코로 돌아왔을 때 나는 장래가 유망한 작가였다. 뉴욕에 있는 로스쿨을 졸업한 그녀는 일자리를 얻기 위해 그리고 우리에게 한 번 더 기회를 주려고 돌아온 터였다. 먼저 헬렌이 도망쳤고, 다음엔 내가 도망쳤지만 우리는 결국 서로에게 돌아와 버클리에 있는 안전하고 편안한 곳에 둥지를 틀었다. 헬렌과 나는 각자 하는 일을 좋아했다. 나는 미래가 보장된 직업과 유복한 가족을 보고 헬렌과 결혼한 것은 아니었지만, 어쨌거나 가벼운 마음으로 벌이도 안 되는 일에 온통 매달려 있을 수 있었다.

금방 성공이라도 할 것 같았지만 결국 내가 가 닿은 곳은 성공과는 거리가 멀었다. 문운은 사라지고 별들의 서열에서도 빠졌다. 여러 출판사 문을 혼신의 힘을 다해 두드렸지만 더 이상 내 작품에 흥미를 느끼는 사람들은 없었다. 장편소설도, 단편들처럼 쌓여갔다.

글을 쓰고 있을 때, 나는 쓰지 않고 흘려보내는 시간은 상상조차 할 수 없을 정도로 집중했다. 글쓰기를 너무 오랫동안 미루었기 때문에 잃어버린 시간을 벌충하는 사람처럼 끊임없이 써댔다. 그런데 어느 날, 아닐이 죽은 날로부터 6년이 지나서 나는 멈췄다. 원고를 불태우는 의식 따윈 하지 않았다. 단지 피로감과 내 글이 무시당했다는 느낌에서 오는 좌절감 때문에 쓰는 행위를 그만두었다. 그때 우리에게는 아이가 하나 있었고 하나를 더 원했다. 헬렌은 내게 다른 직업을 생각할 필요가 있다는 말은 하지 않았다. 그렇게 말할 필요가 없어졌다.

나는 수년 전에 스스로 차버렸던 금융계 일을 먼저 타진해봤지만 이미 그 바닥도 많이 변해 있었다. 20대에 굉장한 포부를 품었지만 문예지에 원고를 발표했을 뿐 남들이 기억해

낼 작품 하나 없는 나 같은 남자에게 딱히 맞는 직장은 없는 듯했다.

자신이 선택한 업계에서 실패한 사람들이 호황에 그러하 듯 나도 부동산중개인 시험을 치렀다. 수습 기간을 거쳐서 조금씩 고객을 늘려갔고, 마지막 6개월간 몰아친 부동산 열풍의 혜택을 누렸다. 매물 하나에 호가를 훨씬 뛰어넘는 가격을 써낸 구매자들이 열 명이 넘게 몰렸다. 나는 한탕 거하게 벌었다. 우리는 테니스클럽에 가입했고 헬렌에게 진짜 결혼식 반지를 사줬다. 문학하고는 거리가 먼 골프도 쳤다. 나는 자신이 잘 적응했다고 생각했다. 내가 아직 글쓰기를 할 때 첫 아이가 태어났다. 부동산 중개 수수료가 굴러들어올 때 둘째가 들어섰다. 둘째가 태어났을 때 부동산 시장이 가파르게 하강하기 시작했고, 우리 부부는 헬렌의 부모님에게 이런저런 도움을 받을 수 있으리라 생각했었다. 하지만 비극적으로 1년 만에 그들 또한 부동산 시장에서 많은 돈을 잃었다. 그들은 센트럴파크에 자리 잡은 집이 언제 어떻게 될지 몰라 위태롭게 살고 있었다.

집을 팔 수도 없었고, 작가라는 직업은 이미 등 뒤로 사라졌고, 기분은 처참했다. 물론 돈으로 행복을 사지 못한다는 거야 잘 알지만 돈이 안락을 주었다는 사실은 부인할 수 없었다. 내 젊음이 이렇게 끝나버릴지도 모른다는 다급한 심정으로 뭐라도 출구를 찾기 위해 필사적이었다. 몇 주간은 괜찮았지만 점점 뭔지 모를 깊은 어둠 속으로 빠져들었다. 새벽 2시가 넘어도 잠들지 못했고 아이들에게 애들같이 군다며 잔소리를 했고 헬렌과는 자주 다퉜다. 고속도로에서 시속 70킬로미터로 달리느라 차들이 쌩 소리를 내며 앞질러 가는 걸 전혀 의식하지 못하다가 잠시 후 겨우 정신을 차리기도 했다.

우리는 성공하고 싶었던 일 속에서 실패를 경험한다. 나도 그랬다. 순수했고 단순했다. 맹인 남자와 보냈던 시간들 덕에 전에 보지 못했던 것들을 볼 수 있게 됐다는 생각을 떨쳐버릴 수가 없다. 나는 얼마 동안 내가 유능하고 실적 좋은 중개인이라는 이미지를 보여주기 위해 형편에도 안 맞는 은색 레인지로버를 몰고 다녔다. 어느 부부에게 빈집을 보여준 후 다른 집을 보여주면서 문득 아닐의 죽음이 실패에 압도당해 일어난 사고로 여겨졌고 이를 경고로 받아들이게 되었다.

나는 주로 낮에 일했고, 헬렌은 둘째 아들을 돌보며 일주일에 스무 시간씩 작은 법률회사에서 일했다. 그녀는 아이와, 일주일에 며칠 일을 할 동안 아이를 돌봐주러 오는 여자를 챙겼다. 큰아이는 어린이집에 다녔고, 헬렌과 내가 순서를 바꿔가며 아이를 데려다주고 데려오곤 했다. 기회가 주어진다면 내가 풀타임으로 일해 버는 돈보다 훨씬 더 벌 수 있는데도 헬렌은 파트타임 일을 하면서 아이들과 시간을 보내는 쪽이 더 좋다고 나지막이 말했다.

둘째가 태어나자 큰애가 모든 일에 불안정한 모습을 자주 보이기 시작했다. 가끔은 둘이서 잘 어울려 놀았는데 싸울 때면 큰아이가 동생을 후려치곤 했다. 나는 심리학자는 아니지만 같이 노는 두 녀석을 볼 때면 카인과 아벨을 키우는 기분이 들곤 했다. 두 형제 중에 어떤 녀석이 카인의 역할을 할지 알 수 없었다. 나는 최대한 인내심을 발휘하여 둘을 돌보려고 노력했다. 그런데 솔직히 내가 애들에게 이런저런 일로 소리를 지르거나 팔리지도 않을 집을 보여주느라 아이들을 집에 남겨둘 때면, 나도 아닐의 부모나 우리 부모와 조금도 다름없이 아이를 키우고 있다는 느낌이 들었다.

두 녀석을 보면 악동의 이미지를 떠올릴 수가 없다. 잘생긴 외모 덕이다. 사람들이 잘생겼다고 칭찬할 때마다, 나는 아름다운 어머니를 쏙 빼닮아 그렇다고 말하곤 한다. 짐짓 겸손하게 꾸며서 말하긴 하지만, 스스로 그게 사실임을 알기 때문에 약간 짜증이 나기도 한다. 두 녀석이 내게 확실하게 물려받은 거라고는 넓은 어깨와 큰 발뿐이다.

그들은 힘이 넘친다. 저녁에 기운이 슬슬 빠질 때쯤이면 우리가 동물원에서 즐겨 보던 펭귄들을 떠올리게 한다. 미친 듯이 날개를 퍼덕이며 수영하다 서로 부딪치고, 뒤쪽으로 수영을 하면서 잠시 휴식을 취하고, 잠시 후 같은 행동을 반복하던 펭귄.

얼마 전, 나는 헬렌에게 두 녀석을 내가 재우겠다고 약속했다. 지난 며칠 밤 동안 회사에서 일과 관련된 행사로 분주했었고, 나 대신 애들을 돌보았던 헬렌에게는 휴식이 필요했다. 저녁 7시부터 나는 아이들을 재우기 위해 먼저 둘째를 방으로 데리고 들어갔다. 아이를 침대에 눕힌 뒤, 잠들 때면 녀석이 즐겨 듣던 노래 〈다이아몬드 앤드 러스트〉를 틀어놓고 나는 침대 옆에 있는 의자에 앉았다. 잠들 때까지 시간이 좀 걸렸다. 녀석은 뒹굴거리더니 중얼거리다가 혼자 두고 나가지 말라고 칭얼댔다. 나는 손전등과 잡지 《뉴요커》를 들고 침대 옆에 있는 의자에 앉아 단편소설은 건너뛰고 다른 기사는 꼼꼼하게 읽었다. 거의 한 시간이 걸리는 일이었다. 아이들은 귀엽지만 한 시간만 시달려도 나는 기진맥진했다.

둘째를 재웠으니 큰애 차례였다. 우리는 침대로 갔고, 나는 녀석에게 『땡땡의 모험』—내가 처음 미국에 와서 영어를 배우려고 읽었던 것과 같은 책—을 읽어주었다. 그리고 불을 껐다. 약 20분 동안 큰애는 물고기에게 물이 중요한 것처럼 자신에겐 깨어 있는 게 중요한 일이라도 되는 사람처럼 침대에서 몸부림을 치며 잠을 안 잤다.

나는 9시에 아들의 방에서 나왔다. 무거운 눈꺼풀을 밀어올려 잠을 몰아낼 힘만 있다면, 조용하고 여유로운 시간을 느긋하게 누리고 싶은 밤이었는데 다음 날 아침 6시에 다시 눈을 떠야 했다. 만약 내가 일곱 시간 정도만 잠을 잔다면, 아무 일도 하지 않아도 되는 달콤한 두 시간을 자신에게 선물할 수 있는 셈이었다.

샤워를 하고 버번 위스키 한 잔을 가득 따라 마시며 나의 선택지를 골똘히 생각하기 시작했다.

스포츠 센터를 갈까? 줄리언 반스 책을 읽을까?

전자가 점점 내 안에서 힘을 얻고 있었는데 나는 그게 싫었다. 스포츠 센터에 가지 말자고 이미 다짐했던 바였다.

"우리 가정경제에 대해 좀 얘기해도 돼?"

내가 텔레비전을 막 켰을 때 헬렌이 물었다.

내가 아이들을 재우고 있을 동안, 헬렌은 서류 정리를 하면서 감정이 격해진 것 같았다.

"안 하면 안 될까?"

"물론, 우리 둘 다 이런 얘길 싫어하지만 꼭 해야 할 이야기야. 다른 방도가 없어."

우리는 작년에 정식 매물로 나오기도 전에 구입한, 지금 살고 있는 집으로 이사를 오게 되었다. 업무상 미리 알게 된 정보 덕분에 가능한 일이었다. 우리가 찾던 매물보다 가격대가 높았지만, 우리 가족에게 완벽한 집이었다. 샌프란시스코 만을 연결하는 다리가 바라다보이는 버클리힐스에 자리 잡았고, 럭비 구장이 있는 좋은 공립학교가 속해 있는 학군이었다. 부동산 경기 침체라는 말은 다른 사람의 일이겠거니 여기며 샀다. 이제 이 집을 지켜나가기에도 힘이 들었다.

"지금은 이런 얘기를 하고 싶지 않아."

집에 관한 얘기 자체가 긴장감을 안겨주었다. 내게 주어진 하루의 자유로운 두 시간을 긴장감으로 망치고 싶지 않았다. 틀림없이 잠까지 설칠 터였다. 수면장애가 큰 문제였다. 의사에게 수면제나 항불안제 처방을 원한다는 말을 여러 번 했지만, 그는 오히려 '수면 위생'을 개선해야 한다며 에둘러 거절했다. 샤워, 버번 위스키, 스포츠 하이라이트 뉴스가 내가 떠올릴 수 있는 수면 요소였다.

"대책을 세워야겠어. 나도 수입이 줄었어. 매기가 없으니, 당신도 실적이 그렇고."

"내가 지금 이 좆같은 현실을 모를 거라 생각해?"

헬렌은 얼굴에 깊은 걱정을 드리운 채 나를 바라보았다. 아마도 수년간 고민하다 내린 결정들의 결과가 고작 이날 밤에 맞닥뜨린 현실이라는 사실에 적이 당혹한 것만 같았다. 헬렌은 나와 내 상황에 좌절감을 느낀 사람처럼 보였다. 순간 나는 헬렌을 바라보았고, 머리가 돌아버린 나머지 눈앞에 있는 여자가 나와 오랜 시간을 함께 보냈고 몹시 사랑했던 여자라는 사실을 인식하지 못했다.

10여 분이 지나 우리는 '돈' 얘기를 나눴다. 나는 최선을 다해 듣고 있음을 보여줬지만 내 마음은 이미 닫혀버린 상태였다.

"나 내일 밤에 일 있어서 나가야 해."

"또 밤에 나간다니, 라케시. 나도 지쳤어."

"그 시간에만 집을 보여줄 수 있대. 계약을 못 따내면 더 이상 팔 집도 없어."

"알아, 안다고."

헬렌과 나는 늘 서로를 이해하고 살아왔다. 그래도 예민할 때가 있고, 그럴 때면 서로에게 상처가 되는 말을 하지 않으려고 노력했다. 그럼에도 가끔 비수 같은 말이 튀어나온다. 그런 순간에는, 그녀와 아이들에게 마구 퍼부어대는 충동을 이겨내기가 힘들었다.

다음 날 저녁이 되었다. 실은 고객과의 약속은 잡혀 있지 않았다. 나는 조용히 혼자 멕시칸 음식을 먹었는데, 평소처럼 신선한 수박 주스를 시키는 대신 맥주를 두 병 주문했다. 단단히 챙겨 먹고 식당에서 몇 집 건너에 있는 서점으로 갔다. 나는 이 서점에 대학 때 자주 들렀고 언젠가는 여기에서 내 책을 읽으리라 생각하며 희망을 품기도 했다. 낭독회가 시작되기 5분 전이었다. 낭독회장은 사람들로 꽉 들어찼고 쉴 새 없이 웅성거리는 소리가 들렸다. 다행히 아까 마신 맥주 덕에 견딜 만했다.

일주일 전에, 오픈하우스(매물로 내놓은 집을 구매 희망자에게 공개하는 일. 주로 일요일 오후에 한다―옮긴이)를 하는 집에서 신문을 펼쳐 읽다가 우연히 미라 트리베디가 쓴 책,『블라인드 라이터(The Blind Writer)』에 관한 서평을 읽었다. 읽기도 전에 미라라는 이름과 내가 쓰려고 했던 책을 보자 심장이 무섭게 뛰었다. 수년 동안이나 매일 가족과 일에 집중하려고 했던 이유 중 하나는 아닐을 내 의식 속에서 지우고 싶었기 때문이다. 지금 눈앞에 멋진 스웨터를 입은 아닐과, 그의 죽음과 함께 내게 똬리를 튼 죄의식이 솟구쳐 올랐다. 신문을 손에서 내려놓기 전에 겨우 서평의 첫 문단을 읽어 내려갈 수 있었다.

"예술은 비극에서 온다. 그러나 미라 트리베디의 경우 비극은 빛을 불러왔다."

나는 그날 오후에 예정된 오픈하우스 일정을 취소하고—부동산중개업을 시작한 이후 처음 있는 일이었다—나 자신을 어떻게 추슬러야 할지 모르는 채 차를 몰았다. 결국 서점 앞에서 멈췄고 미라의 책을 샀으며 다음 주에 작가와 함께하는 낭독회가 있다는 광고를 눈으로 훑었다. 나는 차로 돌아와 옆 좌석에 책을 놓고 운전석에 앉았다. 나의 부러움이 물씬 밴 책, 아니 훨씬 많은 것들이 담긴 책이었다. 나만의 시선으로 바라보고 품었던 이야기들이 있었는데, 이건 미라가 쓴 미라만의 시선이 살아 있는 책이다. 분명 내 얘기도 들어 있을 터였다.

낭독이 막 시작되었을 때, 나는 뒤쪽 빈자리를 찾아 앉았다. 서점에서도 아직 미라를 보지 못했다. 혹시 낭독회가 취소되었다는 방송이 흘러나오지나 않을까, 아마도 희망 사항일지도 모르지만 엉뚱한 생각이 들었다. 바로 그때 사람들을 헤치고 미라가 나타나더니 연단 왼쪽에 올라가 섰다. 거의 10년 만에 다시 본 것이다. 멀리 떨어져 있어서 그런지 세월의 흐름이 느껴지지 않는 모습이었다. 쌀쌀한 저녁 날씨에 미라는 검정 숄을 어깨에 두르고 있었다. 고혹적인 장례식 예복처럼 보였다.

서점 매니저가 연단에 올라 미라를 간단히 소개하고 나서 그녀에게 마이크 앞으로 오라고 청했다. 요란한 박수소리가 끊이지 않고 터져 나왔다. 그들은 이미 책을 읽었고 박수로 찬사를 보내는 것이었다. 미라는 연단에 올라 독자들을 마주 보기 전에 조심스럽게 옆에 놓인 의자에 숄을 벗어 걸쳐놓더니 좋아하는 구절을 찾기 위해 책을 펼쳤다.

"참 재밌는 일이에요." 미라는 그렇게 말문을 열었다. 머뭇 거림이 묻어나는 목소리에 긴장하는 모습이 역력했다. "이런 기회가 오기를 오랫동안 간절히 기다렸어요. 여러분의 상상 이상으로요. 책을 쓰고, 출간하고, 사람들이 읽고, 이 자리에 서는 일이 모두 백일몽 같았어요. 사람들 앞에 서서 말하는 게 이렇게 떨리는 일인 줄도 몰랐어요. 그런데 조금씩 적응이 되네요. 참고 지켜봐주세요."

미라는 말하면서 사람들을 천천히 둘러보았는데, 어느 순간 우리 둘의 눈길이 허공에서 마주쳤다. 내 온몸을 지탱하던 근육과 뼈가 맥없이 흐물흐물해지는 게 느껴졌다. 미라는 잠시 자신의 눈을 믿지 못하는 눈치더니, 펼쳐놓은 책장으로 시선을 돌렸고 이윽고 다른 책장으로 넘어갔다. 내 이야기가 담겨 있는 대목 같았다.

미라는 아닐과 자신이 컬럼비아 대학 파티에서 처음 만난 사연이 담긴 긴 문단을 읽어 내려갔다. 소설이었지만 내게 수년 전에 얘기했던 내용들과 똑같았다. 추억을 강하게 환기시키는 문체와 현명한 여자의 호소력 있는 어조를 느낄 수 있는 글이었다. 3인칭으로 되어 있었고, 내가 실패한 이유와 그녀가 성공한 지점이 어딘지 알게 되었다. 미라가 아닐의 마음을 표현하는 대목은 너무도 눈부시고 진실이 담겨 있었다. 내가 아닐을 알기 위해 그와 많은 시간을 보낸 대목이었다. 미라가 아닐의 관점으로 쓴 글을 읽어 내려갔을 때는 마치 아닐의 목소리를 직접 듣는 것만 같았다. 미라는 아닐의 보이지 않는 부분과 확연히 보이는 부분을 더할 나위 없이 적절히, 균형 있게 담아냈다.

나는 낭독을 거의 듣지 못했다. 미라를 만나 무슨 말을 먼저 해야 할까 궁리하느라 온통 신경을 곤두세웠다. 나는 누군가와 대화를 나누기에 앞서 긴장하는 버릇이 있는데 헬렌은 이를 두고 종종 나를 놀렸다. 나는 할 말을 속으로 몇 번이고 연습해보는 버릇이 있는데, 입술만 움직이기에 소리는 거의 나지 않았다. 내가 이런 생각에 골몰하고 있을 때, 미라는 아닐과 처음 만났을 때 자신이 얼마나 부드럽게 행동했는지를 묘사하는 대목을 읽고 있었다.

"그는 남자의 자신감은 상대방을 똑바로 바라보는 힘에서 온다고 믿었다. 아말은 그런 기회조차 얻을 수 없었으니, 누구의 탓으로 돌려야 하는지도 모르고 돌아섰다."

낭독이 끝나고 독자들은 함께했던 아닐과 미라의 삶에 대해 물었다. 그녀는 책 속의 이야기는 단지 소설임을 강조하면서, 자신은 최선을 다해 소설 속 아말과 마야의 삶에 답을 녹여냈다고 말했다. 아닐이 죽은 후에도 사람들은 그의 작품 자체보다 맹인의 글쓰기 과정에 더 많은 흥미를 보였다.

미라가 책에 사인을 하는 동안, 나는 예술 작품 흉내를 내는 흑백 여자 나체 사진이 가득 실린 큰 책을 펼쳐보고 있었다. 서점에서는 이처럼 죄의식을 동반한 즐거움을 맛볼 수 있다. 미라가 나를 향해 다가왔을 때 다행스럽게도 나는 화보를 접고 미국 표현주의에 관한 책 한 권을 뽑아 들려던 참이었다.

"라케시." 미라는 내 이름을 부르며 망설임 없이 나를 오래 포옹했다. 머리에서 여전히 라벤더 냄새가 났다. "책 읽었어요? 만나자마자 묻기에 좀 그렇지만요. 아직 제대로 인사도 못 나눴는데. 하지만 난 막연하게나마 우리가 다시 만나 이런 대화를 나누게 될 줄 알았어요."

"아직 못 읽었어요. 그냥 좀……."

"걱정 말아요. 안 읽었다고 해도 상관없어요. 당신 이야기도 있다는 거 알죠?" 그녀가 내 말을 자르며 말했다.

"내 이야기도 있었으면 좋겠다고 생각했어요. 솔직히, 읽기에 조금 긴장돼요."

"당신을 백인으로 설정했어요. 이름은 로브(Rob)."

미라의 말에 갑자기 내 입에서 기침, 웃음과 더불어 이도 저도 아닌 소리가 삐져나왔다. 헬렌과 나는, 특히나 아이들을 키우는 일과 관련해 인종을 둘러싼 소소한 논쟁을 했었다. 그런데 백인이라니. 지금 미라는 나와 내 아이들이 겪었던 일로 인한 두려움을 반감시켜주었다.

"백인으로 설정하면 훨씬 작품이 살아요. 갈등이 증폭되니까요." 미라가 어깨를 으쓱거리며 말했다.

"예술을 위한 설정이라면 뭐든 오케이죠. 그런데 이름이 로브라니요? 내가 당신에게서 뭐라도 훔쳤다는 말인가요?"(rob 는 '훔치다'라는 뜻이다—옮긴이)

"술 마시면서 나누기 좋은 대화 소재네요."

"당신이 그런 시간을 내주길 바랐어요."

미라는 내게서 잠시 멀어지더니 서점 매니저와 대화를 나누고 있던 매력적인 젊은 여자에게 다가갔다. 둘은 얼마간 대화를 주고받았고, 미라가 여자의 팔을 만지며 손으로 나를 가리켰다. "저 남자가 진짜 로브야. 저 사람에게 설명할 게 좀 있어." 나는 미라가 그렇게 말하는 상상을 했다.

"이따가 나 좀 호텔로 데려다줘야 할 것 같아요." 미라는 돌아서서 내게 다가오며 그렇게 말했다.

서점을 가로질러 나올 때쯤엔 미라가 나를 여자에게 소개할지도 모르겠다고 생각했지만 그런 일은 일어나지 않았다.

"어디 좀 조용한 데로 갈까요?"

조용한 데라면 나도 좋다. 그런데 나는 이 동네에 살고 있고, 주변에 친구들과 아는 사람들이 너무 많다. 그들 눈에 띄지 않고 미라를 데려갈 만한 조용한 곳이 어딜까? 헬렌과 나는 서로 솔직하게 터놓고 지낸다. 헬렌은 나와 미라가 아닐이 죽을 때 함께 있었다는 사실을 알았고, 이는 그녀가 좋아하지 않는 내 삶의 일부이기도 하다. 지금껏 나는 미라를 한번쯤은 만나야 한다고 생각했다. 그녀에 대한 내 감정을 되짚어보고 싶었고 아닐 얘기도 나누고 싶었다. 물론 헬렌에게는 털어놓을 수 없는 이야기였다.

우리는 내 차를 세워둔 곳으로 걸어갔고, 미라는 뒷좌석에 있던 유아용 카시트를 보게 되었다.

"아이들이 몇 살이에요?"

"네 살하고 두 살이요. 완벽한 개구쟁이들이죠. 당신은요?"

그녀는 고개를 저었다.

"왜 아직요?"

이런 질문은 던지지 말았어야 했는데, 멈출 겨를도 없이 내 입에서 튀어나오고 말았다. 헬렌의 목소리가 바로 옆에서 들리는 것만 같았다. 여자들에게 왜 아기를 안 낳느냐는 말은 절대 하지 마!

미라는 잠시 모든 움직임을 멈춘 것처럼 보였는데 대답할 말을 곱씹는 눈치였다.

"어머니가 되는 일은 내게 어울리지 않는 것 같아요. 게다가 아닐이 죽은 후에야 내 아이를 갖는 문제를 생각했어요. 상실의 시간들이었죠."

미라와 재회하는 순간을 오랫동안 상상했는데, 이제는 어떻게 대화를 이어가야 할지 몰랐다. 긴장되고 초조해졌다.

"누구랑 결혼했어요?"

"대학원 생활 초기에 데이트했던 여자예요. 수년 동안 우리는 곁에서 맴돌았어요. 그런데도 처음 만났던 순간에 난 이미 우리가 결혼할 거라는 예감이 들었어요. 시간이 좀 걸렸을 뿐이죠."

"낭만적으로 들려요."

"난 아마 당신과 결혼했을 거예요, 당신이 허락했다면."

미라가 내 말에 웃어 보였다. "내 불행한 결혼생활이 어땠는지 알잖아요. 당신을 그런 어두운 그늘에서 멀리 떼어놓고 싶었어요."

"흡연을 함께 할 수 있는 장소로 가요, 어때요?" 시동을 걸면서 내가 물었다. 술은 긴장을 누그러뜨릴 테고 손가락에 담배 한 개비를 들고 있으면 덜 어색할 것만 같았다.

"싫지 않아요."

"술도 좀 마시면서 담배도 피울 수 있는 좋은 곳이 있어요. 팬들이 많은 것 같은데, 거기에 가면 주변을 신경 쓸 필요가 없어 편할 거예요. 실내지만 담배를 피워도 좋고요. 흡연 가능한 장소거든요."

헬렌과 친구들은 흡연이라면 질색이었으니, 그곳은 내가 아는 사람들과 마주칠 가능성이 가장 적은 장소였다.

"좋은 냄새가 나요." 안으로 들어선 지 10분이 흐른 후에 미라가 말했다.

화요일 밤이라 그런지 실내는 텅 비어 있었다. 카운터에 기네스 생맥주를 따라 마실 수 있는 안락한 포트가 있고 들어가서 담배를 고르는 작은 담배 창고가 있었다. 나는 순한 담배를 골랐고, 우리는 입구에서 멀찍이 떨어진 구석에 자리를 잡았다.

"가끔 아닐도 담배를 피웠는데 그 냄새가 그리워요. 집필실에 앉아서 귀로 야구 중계를 들으며 담배를 피웠어요."

수년 동안 나는 아닐과 복잡하게 얽힌 관계를 풀어보려고 노력했다. 그가 담배를 물고 있는 모습을 상상하니 기분이 좋아졌고 우리가 멋진 시간을 함께 보냈다는 생각이 다시 들었다.

우리는 얼마간 각자의 소식을 나누었다. 미라는 뉴욕에 살고 있었지만 예전과 다른 아파트라고 했다. 우리 어머니는 여전히 잠을 많이 잤고, 그제야 어머니를 자주 만나지 않았다는 생각이 들었고, 어머니에 대한 감정은 이미 많이 누그러져 있었다. 내가 깨달았던 것은, 어머니가 유일하게 저지른 과오라 해봤자 실은 어머니 스스로 택한 삶을 살고 싶어 했다는 것뿐이었다. 아버지는 수년 전에 급작스러운 심장마비로 돌아가셨는데 팔에 통증을 느낄 겨를도 없이 숨이 멎었다. 아버지와 루스가 주말을 맞아 허드슨강으로 놀러간 날이었고, 당근수프를 먹고 나서 닭고기와 야채에 포도주를 부어 조려낸 프랑스 전통 요리인 코코뱅으로 완벽한 점심식사를 막 끝낸 참이었다. 두 사람은 만나면 식도락가가 되는 커플이었다.

"벌써 돌아가셨다니, 안타깝네요."

"아버지가 내게 이런 말을 해주곤 했어요. 아들은 아버지가 죽기 전에는 완전한 남자가 되지 않는다고. 아버지의 죽음이 당신이 내게 주는 마지막 선물이 될 거란 뜻은 아니었을까, 그런 생각이 들어요. 내가 완전한 남자가 되었다는 생각은 아직 들지 않지만, 확실히 몇몇 사건은 완전한 남자가 되기를 요구하는 듯해요."

나는 헬렌을 제외한 다른 사람과 친밀한 무언가를 나누는 것이 죄스럽게 느껴졌다. 그런 감정은 내가 성인이 되면서 아버지를 멀리했던 기억들을 떠오르게 했고 말할 수 없는 슬픔을 불러일으켰다. 나는 줄곧 나를 이해하고 내 열정을 깊이 있게 공감해줄 아버지를 찾아 헤맸고 아버지는 평생 인내심을 갖고 내 곁에서 기다려주셨다. 아버지는 내 곁에 더 오래 머무를 수 있으리라 생각했을 것이다.

"부모님들은 건강하시죠?" 내가 물었다.

"그냥 시계처럼 째깍거리는 정도예요."

"아닐이 당신의 부모님에게 어떤 감정을 품고 있는지, 화가 나 있었는지 아니었는지 잘 모르겠더라고요."

"아닐은 우리 부모님이 느끼는 행복에 대해 당혹해할 뿐이었어요."

"당신이 행복이라는 말을 언급하다니 재밌어요. 내가 아닐의 일을 막 시작할 무렵에 아닐이 그걸 물었어요. 수년 동안 나를 물고 놓아주지 않던 질문이었어요."

"행복하냐는 질문이요?" 미라가 물었다. "아닐의 화두였어요. 어찌 보면 단순하고 소박하게 들리는데, 사실 아닐은 자기 내면에서 답을 꼭 찾아내고 싶었던 듯해요. 아주 절박하게 요. 돌이켜보면 그는 나이 들수록 스스로 찾아낸 답에 만족하지 못한 것 같아요."

"마음이 좀 아팠겠군요."

"실은 수년 동안 그런 생각에 골몰했어요. 내가 그를 행복하게 할 수 있다고 여겼는데, 실수였다는 생각이 들어요. 아닐이 만난 모든 여자들이 같은 실수를 한 거죠. 누구도 그를 행복하게 만들 수는 없어요. 아닐은 사람들에게 행복하냐는 질문을 즐겨 했는데, 스스로 행복에 이를 능력은 없었던 것 같아요. 눈물겹게 노력했어도 결국 거기에는 도달하지 못한 거죠."

이것이 미라가 내린, 아닐의 죽음에 대한 결론이었고 정말 그렇게 믿고 있는 듯했다. 목소리에 권위가 있었다. 10년 동안 불확실한 상태로 추론을 거듭한 끝에 얻은 결론 같았다. 나는 아직 그런 결론에 도달하지는 못했다.

"아닐이 쓴 마지막 원고가 안 좋았다고 생각하나요?" 나는 미라가 어찌 대답할지 몰라 긴장하며 물었다.

사실은 아닐에 관해 이야기하고 싶은 것들에 번호를 매겨 두었는데 내심 의식 한복판에 있던 질문을 던진 것이다.

아닐이 혼자 길거리를 배회할 때 나는 그의 아내와 동침했다는 사실보다 더 무겁게 마음을 짓누르던 것이 있었다. 바로 아닐의 원고에 대한 내 평이었다. 사실은 나의 비판이 단지 글에만 국한된 것은 아니었다. 나는 참으로 어리석게도, 내가 아닐의 글에 대해 우려했던 바를 그가 새겨들을 테고, 미라와 함께하는 삶이 결국 글을 망치고 있음을 깨달았을 때 그녀 곁을 떠나리라 생각했었다. 나는 기다리고 있다가 날개를 활짝 펴고 그녀를 채갈 마음의 준비가 되어 있었다.

"원고가 썩 좋지 않았어요. 당신의 비평이 그를 길 가장자리까지 밀어냈다고 생각할지도 모르겠는데, 그럴 필요 없어요. 아닐은 단지 위험한 곳에 서 있었을 뿐이니까요."

나 자신을 위해서라도 그렇게 믿고 싶었다.

"내 말을 믿어요, 라케시. 나는 스스로 인정하고 싶은 것보다 더 오랜 시간 아닐의 죽음에 매달려 있었어요. 아닐은 자신의 생을 스스로 결정한 거예요."

"우리 둘의 관계를 알고 있었나요?"

"다 알고 있었던 거 같아요. 내 생각에는 우리가 당신 어머니를 만나고 돌아오는 차 안에서부터 느꼈던 것 같아요. 아닐은 언제나 젊은 누군가가 나를 채갈 거라고 여겼고, 현실에 존재하는 당신이라는 사람이 그가 막연히 상상 속에 키우고 있는 인물보다 더 낫다고 보았을 거예요. 하지만 이 문제를 진지하게 생각하지는 않았던 거 같아요. 아닐은 자신이 장님이라는 것에 분노했고, 글쓰기가 위안이 되었는데, 세상이 그에게 베푼 일종의 '환불' 조치로 받아들인 것 같았어요. 결국 모든 것은 희미해지지요. 나 자신이 그에게 중요한 존재가 아니라는 의미는 결코 아니에요. 우리가 중요하지 않다는 의미도 아니고요. 그렇지만 분명한 한계가 있는 거예요."

나는 술잔을 오래 입에 대고 마셨다. 가능한 한 멀리 보내고 싶을 정도로 아닐은 내게 너무도 벅찬 상대였다.

"행복하세요?" 나는 담배 연기를 조금 내뿜으며 물었다.

나는 담배를 자주 피우지는 않지만 피우는 동안에는 즐겼다. 손가락에 묻은 담배 냄새로 인해 세상맛을 아는 나이 든 남자처럼 느껴졌다.

"지금은요. 사귀는 사람하고 사이도 좋고요. 우리는 서로를 배반하지도 않지요. 이번에는 나이가 훨씬 젊은 사람이에요." 생각할 필요도 없다는 듯이 미라가 단숨에 말했다.

서점에서 만났던 젊고 아름다운 여자의 모습이 불현듯 떠오르다 사라졌다. 물어보고 싶었는데, 이번에는 묻지 않았다.

"나보다 스물여섯 살이나 많은 남자와 결혼한 나를 아직도 이해할 수 없어요. 지금도 아버지와 완벽한 부녀 관계를 유지하고 있는데 말이죠. 잔인할 정도로 솔직히 고백한다면, 아닐이 나를 작가로 만들어주리라 기대했던 것 같아요. 결과는 그렇게 되었지만 너무나 큰 대가를 치렀어요. 그런데 가끔 아닐을 만났던, 대학교 파티에 참석하지 않았으면 더 좋았을 거라는 생각도 들어요.

이건 당신과 내가 만났을 때 구상했던 작품이 아니에요. 당신이 아닐과 오후에 종일 집에 있을 때, 나는 카페로 달려가 글을 썼어요. 뉴저지 외곽, 백인들이 모여 사는 동네에 사는 인도 사람에 관해 솔직하게 쓴 얘기죠. 매일 시내로 가는 기차를 타고 출근하는 내 아버지와 집에서 완벽한 가정을 꾸미는 내 어머니의 이야기인데, 너무도 안정적이었지요. 내가 살았던 삶이 아닌, 내가 살고 싶었던 삶에 대해 쓰고 있었던 거예요. 결국『블라인드 라이터』이야기를 쓰지 않고는 못 견디겠더라고요. 시간이 오래 걸렸어요. 이제 책을 냈으니 행복해요."

미라는 잔을 기울여 와인을 목 안 깊숙이 흘려넣었다.

"정말 기대가 돼요. 어떻게 끝나는지 물어도 될까요?" 내가 말했다.

"비극적 사고가 결말이죠." 나를 똑바로 쳐다보며 그녀가 말했다.

"그렇군요."

"당신은 어때요? 아직 쓰고 있나요? 우스운 얘기지만, 당신이 쓴 소설은 나를 잠시 공황 상태로 밀어 넣었어요. 이야기 자체가요. 아닐이 얼마나 그 이야기를 좋아하던지."

"솔직히, 나도 시도는 해봤어요. 간절히 매달렸죠. 그런데 결과가 안 좋았어요. 이런 말을 하려니 배에 구멍이 뚫린 것처럼 아프네요. 오랫동안 꺼지지 않는 열정을 품었는데도 꿈을 이루지 못하다니, 참 이상했어요. 유명하고 돈을 많이 버는 작가가 되고 싶진 않았어요. 그냥 한두 권 출간하고 내 아이들이 자랐을 때 아빠가 쓴 책이라고 보여주고 싶었어요. 내가 할 일이 있다고 말하며 했던 일이 바로 이거였다고 말하기 위해서죠. 아마 아닐이 내게 던졌던 행복에 관한 질문이 뿌리 내린 결과 같아요. 행복한 결혼생활을 하고 있고, 내가 사랑하는 아이들도 있고, 샌프란시스코 만의 경치가 바라다보이는 집도 있어요. 대부분의 사람들의 기준치로 볼 때, 행복하고 풍요로운 삶이지요. 더 필요한 것은 없어요. 그런데 여전히 필요한 뭔가가 있죠."

"내게 위안이 되지 않았다면, 수년간 원고를 붙들고 있지 못했을 거예요. 모두 아닐의 흔적이 담긴 것인데도 말이죠."

들을 필요가 있는 말이었다.

우리는 잠시 말없이 앉아 있었고 각자 술잔을 천천히 비웠다. 뭔가 더 할 말이 있는 것만 같았는데, 수년간 내가 생각해왔던 실체가 말로 터져 나오지 못하고 단단한 결정체로 굳어 져버린 듯했다.

"당신이 그냥 알아줬으면 싶은 게 있어요." 나는 말문을 열었고 어느새 목소리가 갈라져 있었다.

"내가 아닐과 함께했던 시간들을 얼마나 소중히 생각하고 좋아했는지 알려주고 싶어요. 그는 나를 진심으로 존중해주었어요. 내가 철없이 굴었을 때조차도 말이죠. 작은 것들 하나에도 내 의견을 물었어요. 내가 정말 필요로 할 때도 진심으로 잘해주었어요. 당신을 이렇게 만나니 내가 아닐을 얼마나 그리워하고 있었는지 깨달았어요. 또한 수년간 아닐의 죽음이 얼마나 나를 무겁게 짓누르고 있었는지도 알게 되었고요. 나는 아버지가 필요 없었어요. 그렇지만 아닐은 자식이 필요했을 거예요. 당신이 보내준 아닐의 책을 아버지는 한동안 끼고 다녔어요. 아버지가 돌아가시고 나서 내가 물려받았지요. 나는 여전히 아닐의 책들을 책장에서 꺼내 들고 몇 페이지를 읽곤 하죠. 문장이 좋아요. 그토록 많은 책들 가운데에서도 손에 꼽는 책이에요. 아닐이 뭘 더 바랐겠어요? 아닐은 작가로서 오랫동안 살아왔고 성공했어요. 그의 저서들은 책장 한쪽을 차지할 정도로 많고요. 그러니까 젊었을 때 결심했던 바를 이룬 셈이지요. 놀라운 일이에요. 내게 늘 의문이 있었는데, 혹시 마지막 책을 완성하지 못했다고 해서 자신을 실패한 작가로 여기진 않았을까……. 그런데 실패라고 할 수도 없어요. 아닐은 완주했고, 잘 살다 갔어요. 내 아버지도 잘 살았고, 완주한 셈이고요. 단지 그들에게 사랑이 늦게 찾아왔을 뿐이죠. 그들이 기다리던 때는 아니었지만 그래도 찾아왔잖아요. 내 생각에 삶은 실로 신비로울 뿐만 아니라 아름다워요."

내 눈가가 어느새 젖어들고 있었고, 미라는 이미 눈물을 펑펑 쏟고 있었다.

"난 내가 사랑했던 어떤 사람보다 아닐을 더 사랑했어요. 결말 부분에, 그에 관해 할 수 있는 말이 모두 담겨 있어요." 미라가 말했다.

우리는 첫 잔을 다 비웠고, 나는 두 번째 잔을 주문했다.

"너무도 오랜만에 만나게 되었네요. 그런데, 어쩌죠. 내 일정이 너무 빡빡해요. 몇 주간 계속 여행을 하는 중인데 내일은 로스앤젤레스로 가야 해요. 이제 호텔로 데려다 줄래요?" 미라가 말했다.

미라가 그렇게 말해줘서 기뻤다. 우리는 밤새도록 남은 얘기를 나누다 아침을 맞이할 수도 있었다. 아닐에 관해서, 우리 둘에 관해서, 소설의 등장인물 로브에 관해서, 글쓰기에 관해서. 그런데 미라의 말을 듣는 순간 그런 이야기들을 다 나누지 않아도 이미 충분히 만족할 만하다는 생각이 들었다. 우리는 필요한 만큼 오래된 상처를 걷어냈고 새로운 삶에 대한 애기도 나눴다. 나눌 말이 더 있다 해도 굳이 그럴 필요는 없었다.

"물론 모셔다 드리죠. 나도 아침 일찍 일어나야 해요. 내가 늦게 일어날수록 아이들은 더 일찍 일어나는 것만 같아요." 내가 말했다.

나는 채 반도 피우지 않은 담배를 비벼 껐다.

우리는 다시 차로 돌아갔고, 호텔로 가는 동안 서로 부담스럽지 않은 대화를 조금 나눴다. 미라의 뉴욕 생활, 그리고 캘리포니아에서 보내는 나의 삶. 그러나 대부분의 시간 동안 침묵을 지켰다. 내 손은 기어 변속기에 놓여 있었고, 어느 순간 미라의 손이 내 손등으로 다가오더니 포개졌고, 호텔에 도착할 때까지 그대로 머물렀다.

"다시 만나게 되어 정말 좋았어요. 예전에 나를 공항에 데려다준 이후로 연락을 못해 미안해요. 그냥 사라지고 싶었어요. 그런데 이렇게 우리가 다시 연결될 기회가 생겨서 정말 기뻐요. 언젠가 당신 아이들을 보고 싶어요. 당신 아내도요." 내가 호텔 앞에서 차를 멈췄을 때 미라가 말했다.

감사할 말이지만, 그런 만남은 결코 성사되지 않을 거란 사실을 나는 모르지 않았다.

"편히 쉬세요." 내가 말했다.

미라가 내게 몸을 조금 기울이더니 뺨에 키스했다. 우리 관계가 시작될 때 이런 접촉이 있었다. 담백하고 순결한 키스. 그런데 이번에는 모성애가 약간 떠오르는 느낌이었다. 수년간, 헬렌과 문제가 있을 때마다 나는 미라를 떠올렸고 그녀와 함께하는 삶을 상상했다. 하지만 미라와 저녁 시간을 함께 보내고 보니, 그녀는 지나간 내 인생의 흔적이 담긴 유물처럼 느껴졌고, 윤기가 조금 사라진 아름다움으로 다가왔다. 나는 여전히 미라가 쓴 책에 질투심이 일었고, 여전히 그녀가 매혹적이란 사실을 확인했다. 하지만 다 소용없는 일이었다.

미라를 호텔에 내려주고 나는 헬렌과 아이들이 기다리고 있는 우리집으로 서둘러 차를 몰았다. 큰 녀석은 아직 깨어 있을 터였다. 차의 문루프를 활짝 여니 시원한 밤공기가 밀려들어왔다. 언젠가 우주의 질서가 잡히고 신이 미소를 머금을 때 나는 적당한 유머와 상실감을 담아 아닐과 미라에 대한 글을 쓸 수 있으리라, 작은 희망이 솟아올랐다. 나는 운전을 하면서 별들을 힐끗 훔쳐보았고 저 먼 데서 내려온 별빛이 나를 위로 끌어올리는 것처럼 느껴졌다.

옮긴이 후기

1

나는 세 가지 시선으로 이 소설을 읽었다. 독자, 소설가, 그
리고 번역가. 한 명이면서 동시에 세 명이었다. 어느 지점에
서는 독자의 시선으로 읽는 나를 느꼈고, 또 어떤 대목에서는
소설가나 번역가의 시선으로 읽는 나를 느꼈는데, 경계는 모
호했다.

세 가지 시선으로 읽은 느낌은 분명 모두 다르지만 결국 하
나의 꼭짓점에서 만나며 내게 질문을 던졌다. 눈을 뜨고도 보
지 못하는 것들과 눈을 감고도 보이는 진실에 관한 질문이었
다. 우리가 일상에서 자주 마주치지만 깊이 느끼지 못하는 질
문 가운데 하나이다. 누구에게나 크든 작든 숨겨둔 진실 하나

쯤은 있지 않은가.

번역하는 동안 나는 화자인 라케시보다 작가인 아닐에게 정서적으로 더 근접해 있었던 것 같다. 맹인의 몸으로 늙고 쇠잔해진 그가 마주한 자신의 모습은 육체의 불구가 안겨준 한계만은 아니었다. 가장된 행복 속에서 살아가고 있는 자신의 모습을 비로소 응시한 것이다. 아닐이 대면한 것은 거짓으로 얻은 명예가 안겨준 생의 비루함이나 환멸 같은 것이리라. 결국 그는 오랫동안 스스로 은폐했던 것들의 멍에에서 벗어나 죽음으로 끝맺었으니 행복한 인간의 삶이었다고는 말하지 못하겠다. 아닐이 스스로 차도로 뛰어들었는지 그냥 사고를 당했는지는 불분명하다. 작가는 그의 죽음에 대해 상세히 설명하지 않는다.

2

나는 이 소설을 하와이 도서전에서 처음 접했다. 호놀룰루 시청 주변에 넓게 펼쳐진 아름다운 공원에서 주말에 열린 연례 행사였다. 책들이 쌓여 있는 몇 개의 대형 텐트를 지나 하와이주립대학교출판부의 부스 앞에서 발길이 멈추었다. 몇 권의 책을 뒤적이다 신간 소설 한 권을 집어 들었다.

『The Blind Writer』.

제목만으로도 호기심이 일었다. 하와이의 강렬한 햇살이 문득 가느다란 검정 줄무늬처럼 느껴지며 나도 모르게 어느새 책을 펼쳐 들고 있었다. 사미르 판디야. 작가 이름도 생소했다. 그는 인도에서 태어났고 캘리포니아에서 자랐다. 캘리포니아 주립대학에서 역사학을 공부하고 스탠퍼드 대학에서 박사학위를 받고 현재 캘리포니아 주립대학 샌타바버라 캠퍼스에서 문예창작을 가르치고 있었다. 첫 서너 페이지를 읽었다. 동서양을 아우를 수 있는 이야기일 거라는 예감이 들었다. 눈먼 작가가 들려줄 이야기가 궁금했다.

3

새 학기 강의를 준비하면서 책장에 꽂혀 있던 이 소설책을 다시 꺼내 보았다. 하와이에서 돌아와 시간이 한참 흐른 뒤였다. 도입부 20여 페이지를 차분하게 읽어 내려갔을 때 정말 번역을 해보고 싶다는 충동을 느꼈다. 그때의 감정을 '충동'이라고 부를 수밖에 없었다. 소설 속 화자, 그러니까 스물네 살 된 대학원생 라케시의 솔직함과 자의식이 녹아든 문장들이 내 혀에서 저절로 한국어로 바뀌며 중얼거려졌고 드문드문 놓쳐버린 미완의 문장들을 정제된 한글로 옮겨보고 싶어 손가락이 근질거렸다.

작가에게 이메일을 보내자 번역해도 좋다는 명쾌한 답이 돌아왔다. 그는 자신의 소설이 한국어로 번역되는 게 너무 신기하고 고맙다고 했다.

어느 날 그에게서 다시 메일이 날아들었다. 『블라인드 라이터』가 2016 펜 아메리카(PEN America)에서 주관하는 펜/치비텔라 펠로(PEN/Civitella Fellow)에 선정되었다는 소식이었다. 나도 덩달아 기뻤다.

학생들과 소설의 첫 열 페이지 정도를 함께 번역해보았다. 재미있다는 반응이었다. 다음 이야기가 궁금하다는 학생들도 많았다. 세상에 온갖 뉴스가 넘쳐나던 시간을 뒤로하고 책상 앞에 앉았다. 하루에 서너 시간씩 맹인 작가의 이야기를 한글로 옮기기 시작했다.

4

번역은 끝없는 독서다. 읽을 때마다 조사가, 쉼표가, 문장의 호흡이 바뀌며 새롭게 읽힌다. 똑같은 텍스트도 누구의 몸을 통과했느냐에 따라 달리 읽힌다. 그래서 나는 문장 하나하나에 전전긍긍하면서도 완벽한 퇴고를 꿈꾸지 못한다. 이는 너무도 자연스러운 일이자 번역의 매력이며 동시에 번역가에게는 고충으로 남는 형벌이다. 같은 책이 다른 번역가에 의해 여러 번 출간되는 일이 일어나는 이유이기도 하다.

사미르의 긴 문장들과 무수히 많은 쉼표들로 이루어진 복문들은 번역하기 힘들면서도 묘미가 있었다. 제목 때문이었을까, 어떤 문장들은 마치 점자를 더듬는 착각을 불러일으켰다. 몇 문장들은 작가와 이메일을 주고받으며 의도를 파악했다. 그럼에도 하나의 단어에 담긴 다의적 의미 때문에 나는 종종 깊은 생각에 잠겼고 언어를 다루는 일에 대해 깊은 절망과 애정을 동시에 느끼며 빠져들었다. 첫 문단은 나를 끝까지 괴롭혔다. 수십 번을 고쳤는데도 누더기처럼 보여 마음에 들지 않았다. 하나의 언어가 다른 언어로 넘어갈 때 드러나는 다양성과 한계를 모두 체험한 작업이었다.

5

소설의 어떤 대목은 지나치게 세밀하고 어떤 대목은 점자를 더듬는 듯 감각적이었으며 또 어떤 대목은 눈먼 사람이 묘사하는 세상처럼 희미해 작가의 의도를 짐작하게 했다.

인도에서 태어나 미국에서 자란, 동서양 문화의 경계인인 라케시는 소설의 화자이며 동시에 작가 사미르 판디야의 모습이 자주 오버랩되는 스물네 살의 대학원생이다. 혼란을 겪으면서도 완전히 길을 잃지 않는 인물이다. 애정이 식어버린 부모의 결혼생활을 바라보며 성장한 소년. 대부분의 이민자 자식들이 갖는 성공에 대한 강박에 크게 시달리는 인물 같지는 않다. 결국 부모의 기대와 달리 작가의 길을 선택한다. 그의 내면에는 숨길 수 없는 명예욕이 있었던 것은 아니었을까.

그가 아닐과 미라와 함께한 시간들은 후회와 죄의식이 공존하는, '청춘'이라고 불러도 좋을 아름답고 아픈 한 시절이다. 이루지 못한 꿈이자 놓쳐버린 사랑이며 현실의 삶 속에서 찾아볼 수 없는 열정이 거친 숨을 몰아쉬던 때였다. 그러니 이 소설은 라케시의 성장소설로 보아도 좋을 것이다.

그는 미라에게 사랑을 느끼고 어머니와 아버지를 독립된 인격체로 받아들인다. 그리고 헬렌과 재회한다. 이 모든 게 맹인 작가 아닐 트리베디와의 만남과 헤어짐을 통해 얻은 것이다. 눈먼 자에 의해 비로소 눈을 뜨는 아이러니가 이 소설의 백미라 하겠다. 라케시, 아닐, 미라, 세 사람이 인생의 한 지점을 같이 통과하며 마주한 내면의 눈뜸이 그것이다.

6

불쑥 작가에게 보낸 이메일 한 통으로 시작된 인연이 놀랍다. 사미르 판디야의 첫 소설이니 앞으로 더 기대되는 작가라는 믿음을 가지고 그의 작업을 지켜볼 것이다.

그의 단편들도 곧 소개하게 될 것이다. 작품들을 살펴보니 다시 책상 앞에 앉고 싶은 의욕이 인다. 다양한 인물들이 종횡무진 뛰어다니며 내게 말을 걸어왔다.

번역가에게 가장 큰 소원이 있다면 같은 작가의 작품을 일관성 있게 계속 번역하는 일일 것이다. 내게도 그런 일이 일어나기를 바라며 판디야의 새 작품을 기다려본다.

2018년 봄

임재희

블라인드 라이터

초판 1쇄 인쇄 2018년 4월 26일
초판 1쇄 발행 2018년 5월 3일

지은이 사미르 판디야
옮긴이 임재희
펴낸이 이수철
본부장 신승철
편   집 하지순
교   정 박기효
디자인 이다은
마케팅 정범용·인혜수
관   리 전수연

펴낸곳 나무옆의자
출판등록 제396-2013-000037호
주소 서울시 마포구 성미산로1길 67 다산빌딩 3층
전화 02) 790-6630 팩스 02) 718-5752

페이스북 www.facebook.com/namubench9
인쇄 제본 현문자현 종이 월드페이퍼

ISBN 979-11-6157-032-7 03840